AF142865

LE GOÛT DE L'INDÉPENDANCE

Oran Algérie
1963-1965

Guy PIEGAY

N B : Le récit est émaillé d'expressions en arabe dialectal. Chaque fois qu'il s'en présente une dans le texte pour la première fois, une note de bas de page en donne la traduction. De plus, vous trouverez en fin de livre un récapitulatif de ces expressions et de leur traduction. N'en attendez pas une orthographe très précise, il ne s'agit que d'une retranscription phonétique.

Quelques photos, en fin de livre, vous donneront un aperçu des lieux, cadre de ce récit.

En octobre 1962 l'armée m'a envoyé en Algérie, trois mois après son indépendance, pour finir mon service militaire dans ce que l'on a appelé les opérations "d'apaisement et de désengagement".

J'ai été libéré de mes obligations militaires en avril 1963… Cela aurait pu en rester là.

Mais durant ces quelques mois j'ai eu la chance de pouvoir nouer des contacts avec la population locale parmi laquelle je me suis fait nombre d'amis. J'ai eu la joie de partager l'euphorie d'un peuple s'éveillant à l'indépendance…

J'ai donc choisi de prolonger mon séjour dans ce si beau pays pour vivre parmi les Algériens, avec eux, cette si riche expérience.

Je veux leur témoigner, par ce livre, toute ma reconnaissance.

MAI 1963

Les premiers rayons du soleil glissent par-dessus les terrasses du groupe scolaire, effleurant les hautes branches des caroubiers de la place. De derrière les entrepôts, monte la rumeur du port qui s'anime au bruit sourd et lointain des diesels annonçant le retour des chalutiers.

- Okba, tu prendras du poisson pour ta mère.

- Rezgui va sûrement m'en apporter avant les vendeurs, son bateau rentre toujours le premier.

- Saha[1]… Passe-moi la sandale derrière toi.

Okba se tourne sur son tabouret : dans le coin, près de la porte, s'entassent pêle-mêle quelques chaussures. Sur le tas, une sandalette d'enfant, encore jolie, dont la semelle est à moitié arrachée.

- Tu crois que ça vaut le coup de la réparer ?

- Je vais juste mettre quelques pointes pour qu'elle tienne le jour de la fête. C'est pour Yasmina, la fille de Noureddine. Il n'a pas de travail et ce sera vraiment pour eux une « Aïd El-

---

[1] D'accord

Sghir »[2]. Après, elle pourra courir pieds nus, c'est l'été.

Les coups de marteau sur les clous se mêlent au martèlement des moteurs maintenant tout proches. Quelques brefs appels de sirènes ponctuent les manœuvres. De la petite ruelle dégringolant derrière le groupe scolaire, débouchent trois dockers allant à l'embauche.

- Tu viens boire un caoua ? lance l'un d'eux à Baba Zébiri.

- Oui, mais vite fait, j'ai du travail c'est bientôt la fête. Okba, tu restes à l'atelier, le temps que j'aille à la gargote. Tu mets deux pointes à la bride, ça m'avancera.

- Tu arrives, oui ! Les places sont chères, il ne faudrait pas nous mettre en retard.

- Ça va, je quitte le tablier et je vous rejoins… Alors comme ça le travail ne va pas fort au port ?

- Pour l'instant non, mais on a déjà l'indépendance et le travail arrivera bien aussi.

Okba, qui a pris la place de son père, tourne et retourne la sandalette dans ses mains et finit par l'enfiler sur le pied de cordonnier coincé entre ses jambes. Il cherche dans les boites où son père range les pointes par taille et finit par trouver

---

[2] « L'Aïd El-Sghir » (en français : « La Petite Fête »), marque la fin du ramadan.

ce qui lui convient… Son premier coup de marteau est malheureux, la pointe se plante de travers. Il pousse un gros soupir et attrape les tenailles.

- Ça ne va pas comme tu veux ?

- Ah ! C'est toi Rezgui. Tu as le poisson, merci ; pose-le sur le coin de la table.

Rezgui s'exécute et va s'asseoir sur le muret près de l'escalier qui grimpe de la rue d'Orléans jusqu'à la placette, à proximité de l'échoppe.

- T'as pas l'air doué pour la cordonnerie, ya khouia[3] !

- Te fous pas de ma gueule… d'abord ce n'est pas du boulot de réparer des godasses aussi pourries ! J'aimerais trouver un travail plus intéressant.

- Je t'ai déjà proposé de t'engager sur le même chalutier que moi, je crois que le patron serait d'accord pour t'embaucher.

- Je sais, je sais… Mais, vois-tu, ça ne pourrait pas faire. D'abord il faut bosser de nuit, et, rien que d'y penser, ça me sape le moral !

- Il ne faut rien exagérer, tu peux dormir dans la matinée, et même sur le chalutier, à l'aller comme au retour, on trouve bien de temps en temps le moyen de faire un petit roupillon.

---

[3] Mon frère

11

- Tu parles si c'est agréable de devoir débiter son sommeil en tranches. De toute façon, passe encore quand il fait beau, mais dès que ça bouge un peu, je suis malade comme un chien.

- Oh ! On en est tous un petit peu là, surtout au début ; mais on finit par s'y habituer. Et puis, dégueuler un petit coup n'empêche pas de travailler.

- Arrête, arrête ! Déjà que ce turbin ne me botte pas tellement, si de plus il faut le faire en dégueulant, ce n'est vraiment pas pour moi.

- Oh, ce que je t'en disais... Allez, je vais me coucher... Ne laisse pas trop le poisson au soleil, il va commencer à chauffer.

- On te voit demain après-midi au patro ?

- Oui, probablement.

Le soleil monte tout doucement à travers le feuillage des caroubiers. Il se glisse dans l'atelier, mettant une note de gaieté sur les murs lépreux dont la tapisserie tombe en lambeaux. Tout est à l'avenant dans la maison ; le plâtre du plafond se décolle par plaques et nombre de fenêtres n'ont plus de carreaux. Sur la façade, l'enseigne, qui ne pend plus que par une chaîne, indique qu'il y avait là une épicerie. Mais depuis les évènements, le propriétaire est parti pour la France, et elle a été dévalisée. Sans que personne n'y trouve rien à redire, Baba Zébiri a installé son atelier dans ce local déserté car il habitait juste au-dessus. L'aménagement fut vite fait : une table sur laquelle traînent deux ou trois marteaux, autant d'alènes, une paire de tenailles, quelques tranchets et une série de boites en fer blanc pour ranger les pointes et les plaques métalliques. Dans un tiroir qui ne ferme pas à clef, une vieille boite à cigare avec son couvercle pour la monnaie. Pas besoin de tiroir-caisse à serrure, la fortune n'est pas si grande. Qui d'ailleurs dans le quartier songerait à faire du tort à Baba Zébiri, cet ancien respecté de tous. Pour compléter l'ameublement, deux tabourets bancals : un pour lui, l'autre pour le client.

Tout le quartier part ainsi à l'abandon. Déjà, avant les évènements, vivait ici une population de petites gens plutôt pauvres ; les riches, pour la plupart, avaient émigré vers la haute ville. C'était le vieux quartier de la Marine. Les maisons n'avaient pu tenir jusque-là que grâce à un entretien permanent et méticuleux. Mais à présent, avec quoi entretenir une maison ? Comment acheter un sac de ciment ou de plâtre et un pot de peinture, quand s'habiller et se nourrir, soi-même et sa famille, dévore toute votre énergie au quotidien !

Ce sont les plus pauvres qui sont venus tout naturellement s'installer dans ces logements. S'ils sont assez délabrés, personne au moins ne vient leur réclamer un loyer. Il ne s'agit pourtant pas d'une population totalement étrangère au secteur ; beaucoup viennent des bidonvilles voisins et des grappes de masures en torchis accrochées au flanc de la montagne qui plonge directement dans les eaux du port. Ces gens-là ont été soudés par la guerre si proche dont l'indépendance toute nouvelle semble avoir déjà estompé le souvenir.

Okba a enfin réussi à clouer sa bride et se laisse aller contre le mur, les yeux fermés, la tête dans un rayon de soleil. Hamdoullah[4] ! C'est ainsi qu'il faut jouir de la vie. Mais à peine commence-t-il à profiter de son bien-être que le soleil se dérobe.

- Labès[5] Okba ?

- Labès Kadda, répond-t-il sans même ouvrir les yeux, reconnaissant la voix de son ami.

- C'est bientôt l'heure de monter au patro pour la classe.

- Assied-toi d'abord, on a un moment devant nous, et de plus je dois attendre mon père qui est allé prendre un caoua au port. Il ne va pas tarder maintenant.

Kadda approche le tabouret du mur et s'assoit lui aussi, allongeant ses jambes en travers de la porte.

-----

[4] Grâce à Dieu
[5] Ça va

- Tu crois qu'on arrivera à décrocher notre certificat d'études pour adultes ?

- En tous cas il faut tout faire pour cela. Avec les évènements on a dû arrêter l'école ; maintenant il faut essayer de rattraper le temps perdu.

Un vieux ballon de caoutchouc, propulsé d'un pied énergique, balaie la table, entraînant une boite de pointes.

- Je l'ai eue ! s'écrie l'auteur de l'exploit en se précipitant pour récupérer son ballon.

- Espèce de gamin, crie Okba en l'attrapant par le col de sa chemise. Allez, ramasse à présent. Si au moins tu mettais autant d'ardeur à étudier qu'à faire le con.

- Oh moi ! répond l'intéressé en s'exécutant, je veux partir en France ; et le meilleur moyen, c'est de devenir footballeur. Alors je m'entraîne et ça ne va pas si mal.

Ayant ramassé les pointes tant bien que mal, il cherche à récupérer son ballon. Mais Okba est déjà au milieu de la place, balle au pied.

- Eh footballeur en herbe ! Si tu veux reprendre ton ballon, viens le chercher !

Aussitôt commence au milieu de la place une ardente joute à deux, faite de dribbles, de contre-pieds et autres feintes savantes dans lesquelles sont passés maîtres tous les gamins d'Algérie. Kadda apprécie et commente en connaisseur.

- C'est comme ça qu'on travaille ?

Baba Zébiri vient d'émerger de l'escalier et va prendre place sur le tabouret déserté par son fils.

- Et maintenant, laissez-moi tranquille, j'ai tout ce tas de chaussures à réparer pour demain.

Okba, qui a fini par céder le ballon à son adversaire, revient vers l'atelier et prend son paquet de poisson.

- Vous montez au patro ; moi je passe par la maison pour laisser le poisson et prendre mes cahiers. Je vous rejoindrai directement là-bas.

Le « patro »… C'est l'ancien patronage de la paroisse… Avant, il accueillait surtout les jeunes chrétiens et aussi quelques musulmans… Mais la guerre avait tout radicalisé. Il y a un peu plus d'un an, avant l'exode massif des pieds noirs, les algériens ne fréquentaient plus les lieux. Puis, brutalement, tout a basculé ; voyant leur troupeau fondre comme neige au soleil, les prêtres de la paroisse ont décidé d'ouvrir largement leur patronage aux jeunes qui restaient sur le quartier : les Algériens.

Le patro, donc, est un ensemble de bâtiments regroupés autour d'une petite cour ; le tout s'incruste à flanc de colline entre deux ruelles, juste au-dessus du groupe scolaire. En arrivant par le bas, on entre de plain-pied dans la cour, à peine grande comme un terrain de basket.

En face, adossé à la pente, se dresse le bâtiment principal dont le deuxième niveau ouvre directement sur la rue du haut. Il abrite une partie habitation et des salles de réunions. A gauche, il y a la salle de cinéma surmontée de la chapelle à laquelle on accède par une sorte de grande loggia, formant galerie, au premier niveau du bâtiment principal[6]. De l'autre côté de la cour, une construction plus modeste abrite sur deux niveaux les salles de jeux.

Quand Kadda arrive, une dizaine de jeunes sont déjà assis dans la rue, contre le mur de la cour, attendant l'heure. Il en repousse deux ou trois pour accéder au portail qu'il ébranle de vigoureux coups de poing en criant :
- Monsieur Guy !
- J'arrive, répond l'interpellé qui justement descendait pour ouvrir.
A peine déverrouillé, le portail s'écarte sous la poussée de tout ce petit monde impatient qui envahit la cour.
- C'est toi qui braille si fort ? demande Guy à Kadda qui sourit de toutes ses dents. La prochaine fois mets une sourdine, et ce n'est pas la peine de me balancer du « Monsieur » plein les oreilles, tu sais bien que je n'aime pas ça. Mais où est ton ami Okba ?

---

[6] Voir photo en annexe page 283.

- Il arrive ; il est d'abord passé chez lui pour prendre ses cahiers.

- Monsieur Guy ouvrez ! crie une voix venant de la rue du haut, accompagnée du traditionnel martèlement de poings sur la porte.

- Mince, dit Guy, c'est Kouider ; j'aurais dû ouvrir en descendant. Allez Kadda, vas-y, tu as de meilleures jambes que moi !

Quelques secondes plus tard, la vague venue du haut rejoint celle venue du bas. Ca fait environ trois douzaines de jeunes qui suivent les cours ; c'est peu vis à vis des besoins du quartier, mais c'est un début.

Kadda redescend avec Kouider près de Guy au moment où Okba arrive en claironnant un tonitruant : « Bonjour Monsieur Guy ! », lequel Guy lui lance une œillade noire pleine de reproches. Ils savent bien tous que Guy ne veut pas de « Monsieur », mais ils aiment tellement le taquiner.

- Salut les mecs !

C'est Jean Luc, l'œil encore endormi. Il vient de s'accouder à la balustrade qui court tout au long de la loggia du premier étage.

Tout le monde est là, le travail va donc pouvoir commencer. Il y a trois « enseignants », donc trois classes. Jean Luc prépare les plus avancés au certificat d'études pour adultes. Guy prend en charge ceux qui savent déjà un peu lire et écrire le français. Kouider, qui a pu passer son certificat d'études primaires au tout début des évènements, essaye de dégrossir tous les autres, dont la connaissance du français se cantonne souvent à quelques jurons.

Malgré les insuffisances manifestes des « enseignants » (C'est un bien grand mot, aucun des trois n'étant préparé à ce travail.), les plus doués progressent vite car il y a une réelle émulation dans ce petit groupe de jeunes venus là volontairement.

JUIN 1963

Le soleil surchauffe la petite cour du patro en ce dimanche après-midi. Tous les gamins du quartier sont ici car il y a séance de cinéma. Il faut un dispositif très au point pour canaliser le flot tumultueux qui se presse de toute part. Au portail se tiennent Kouider et son frère Khaldi ; ils laissent entrer les enfants par petits groupes, s'assurant au passage qu'ils ont le peu de monnaie nécessaire pour payer leur place. Chaque groupe qu'on laisse ainsi entrer se précipite vers le guichet, dans une bousculade que ponctuent des cris et des rires stridents. Leur ticket en main, ils courent se mettre dans la file d'attente à l'entrée de la salle de cinéma où Okba et Kadda ont bien du mal à maintenir un peu de discipline.

L'heure venue, Mohammed ouvre les portes de la salle et commence le contrôle des tickets. Mohammed est le chibani[7] du groupe. Tout le monde, d'ailleurs l'appelle Chibani. Il peut avoir cinquante-cinq ans, mais il se sent à l'aise avec la jeunesse. Sa bonne figure ronde s'illumine d'un sourire que rend encore plus étincelant une belle rangée de dents en or.

Kouider, qui a fermé le portail à clef, monte à la galerie où Guy se trouve accoudé à la balustrade avec quelques jeunes gens pieds-noirs.

---

[7] Vieux, ancien

Ces derniers continuent à venir là comme ils le faisaient chaque dimanche avant l'indépendance.

- Salut Guy. dit Kouider en s'affalant sur la balustrade. Je crois bien que la demi-heure qui vient de passer est la plus dure de la semaine.

- Il y avait plus discipline avant ; ces gamins sont de vrais sauvages, rétorque José approuvé par les autres autour de lui.

Kouider ne relève pas l'insulte à peine voilée… Il y a environ un an, tous ces jeunes étaient plus ou moins embrigadés dans les commandos O.A.S., lui-même était au F.L.N. ; à cette époque le seul fait de se rencontrer de nuit au coin d'une rue risquait de se solder par quelques rafales de mitraillettes. Mais depuis, il y a eu l'indépendance… Alors, pourquoi se rebiffer ? Pour donner de l'importance à ces serpents qui n'ont plus de venin ? C'est comme s'ils n'étaient déjà plus là… Autant se fermer les oreilles.

- Kouider ! Kouider ! il y en a un ici qui n'a pas de ticket et qui n'a pas d'argent.

L'interpellé, en descendant, a reconnu le gamin, c'est un resquilleur fini ; le peu d'argent nécessaire pour le cinéma, son père ne le lui refuserait certainement pas. Peut-être lui en a-t-il donné d'ailleurs ; mais dès qu'il a trois sous le garçon file acheter des cigarettes pour les fumer en cachette. Emprunter le prix de la place à un copain pour entrer dans la cour et le lui rendre une fois à l'intérieur, ça se fait couramment. Là, avec un peu de chance, on arrive à pénétrer dans la salle. Aujourd'hui, la chance n'était pas de son côté.

Quand Kouider arrive près d'Okba, le gamin se débat avec l'énergie du désespoir ; mais on n'échappe pas aussi facilement à la poigne d'Okba.

- Comment es-tu entré dans la cour sans argent ? lui demande Kouider.

- J'en avais ! J'en avais ! glapit le gamin. Mais je l'ai perdu.

- Et pourquoi ne l'as-tu pas dit au moment de prendre ton billet au lieu d'essayer d'entrer sans payer ?

- J'sais pas Kouider ! J'sais pas ! Je sais seulement que j'ai perdu mon argent !

Kouider ne se laisse pas avoir au baratin, il entrouvre le portail et Okba pousse le fraudeur dehors. Celui-ci se répand en jurons des plus colorés contre Kouider, Okba et tous les autres qui, ayant suivi l'algarade avec intérêt, rient de bon cœur. Ça fait partie du plaisir, il n'y a guère de semaine où ne se produisent de telles scènes.

Presque tout le monde est entré dans la salle, Chibani récupère les derniers tickets en transpirant à grosses gouttes, mais sans se départir de son éternel sourire.

- Je vais aller mettre l'appareil en route, dit Guy à Kouider qui vient de remonter.

Guy pénètre dans la cabine de projection. Au milieu trône l'appareil. Il a dû se familiariser avec cet engin qui n'avait plus d'opérateur et dont personne n'avait envie de se charger tant il dégage de chaleur. Il vérifie les charbons, règle l'écart et l'avancement, et aussitôt l'arc électrique jaillit, illuminant la blancheur de l'écran et arrachant au public une clameur de satisfaction. Puis il enclenche la première bobine, apaisant d'un seul coup la salle. Un coup d'œil à l'appareil : tout est OK ; un coup d'œil à l'écran : l'image est bonne… La bobine dure trois quarts d'heure, autant aller prendre l'air sur la galerie. S'il arrive quelque chose, le brouhaha de la salle l'avertira. José et ses copains ont pris place au balcon de la salle à côté de la cabine de projection. Kouider est toujours accoudé à la balustrade.

- Tu ne regardes pas le film ? lui demande Guy.

- Non. « Sissi Impératrice » ça ne m'intéresse pas tellement tu sais.

- Et les autres ?

- Oh les autres !… Du moment qu'il y a de la couleur, que ça bouge et que ça parle, ils sont contents. Mais, pour la plupart, ils ne comprennent rien au film. Enfin, c'est toujours autant de temps où ils ne font pas de bêtises.

- Malheureusement, on ne peut pas y faire grand-chose, c'est l'agence algérienne du cinéma qui nous impose les programmes.

- Sans doute un jour aurons-nous des films plus adaptés… En attendant, c'est mieux que rien.

- Bon, je retourne jeter un coup d'œil à l'appareil. Tu vas nous chercher deux gazouzes ?

Catastrophe ! Par la porte de la cabine de projection restée ouverte, Guy voit glisser une grande boucle de pellicule. Un regard à l'intérieur lui révèle l'ampleur du désastre. La pellicule se casse souvent sur ces vieux films, mais elle se brise en général avant d'entrer dans l'appareil et l'on est tout de suite prévenu par les cris de dépit des spectateurs privés brutalement d'image. Mais cette fois, inexplicablement, elle s'est cassée après et la projection continue normalement, tandis que le ruban se tortille au sol jusqu'à hauteur de la table de travail.

- Kouider ! laisse tomber les gazouzes et viens me donner un coup de main.

Kouider arrive en bolide et reste ahuri devant le spectacle. Déjà Guy a refoulé délicatement la pellicule pour arriver jusqu'à l'appareil. Il ôte la bobine où s'enfilait le film et la tend à Kouider :

- Attrape pendant que j'en place une autre sur l'appareil.

Puis il casse de nouveau le film et l'engage sur la nouvelle bobine. Voilà qui est fait l'hémorragie est arrêtée. Kouider de son côté a placé celle que lui a passée Guy sur le dévidoir qui, dans un coin du local, permet d'enrouler le film à l'endroit à la fin de la séance. Et voilà que commence une opération fastidieuse et délicate : Kouider tourne doucement la bobine tandis que Guy fait suivre la pellicule en prenant bien soin qu'elle ne s'embrouille pas, ce qui n'est pas une mince affaire.

- Ouf ! ce n'est pas trop tôt ! s'exclame Kouider en se laissant choir sur une chaise lorsque l'opération est terminée.

- Ne bouge pas d'ici et surveille l'appareil ; je file chercher des gazouzes, il nous reste un petit quart d'heure avant l'entracte.

Kouider se laisse aller sur le dossier de sa chaise, anéanti par la chaleur ambiante et bercé par le ronronnement du projecteur. C'est bon d'être là, relax, sans cette inquiétude latente qui, ces dernières années, se tapissait au creux de chaque moment de détente ou de repos. Il entend la rumeur de la salle qui monte jusqu'à lui… Il y a un an seulement, il ne pouvait pas imaginer qu'on puisse jouir d'une telle tranquillité. Finie la guerre, finies les alertes et les patrouilles, la mort qui frappe trop souvent et trop précocement. L'indépendance est là, et quand chacun aura du travail, ce sera vraiment parfait… Le travail, c'est le problème du moment. Lui-même n'en a pas encore trouvé malgré ses démarches incessantes.

Mais il est confiant… Il faut laisser au pays le temps de s'organiser. En attendant, patience…

- Et alors, tu rêves ? Tiens, bois plutôt ta gazouze, ça te fera du bien.

- Saha sahbi[8] !

Guy se tourne vers le projecteur et modifie quelques réglages. Il se trouve bien ici, parmi ces jeunes algériens avec lesquels se sont tissés de vrais liens d'amitié. Son service militaire terminé, ici en Algérie, il est resté dans ce quartier que lui a fait découvrir un prêtre de la paroisse, Jo.

Jo, que tous les jeunes ici appellent « le père » est l'un des rares prêtres d'Oran qui ont toujours pris fait et cause pour l'indépendance ; ce dont la population algérienne lui sait gré. A présent, les européens, donc les chrétiens, se sont volatilisés, à l'exception de quelques-uns qui, s'ils ne sont pas partis, ne pensent qu'au jour où ils pourront le faire. Le père donc a été le premier, parmi le clergé de la paroisse, à se mettre au service des gens du quartier avec les moyens dont il disposait, sachant faire appel à des bonnes volontés locales et à des jeunes venus de France, comme Guy, ou d'ailleurs, ainsi Jean Luc qui est Suisse. Dans cet esprit ont été mis en place les cours de rattrapage et si, pour l'instant, c'est un peu du bricolage, le père laisse entendre qu'il

---

[8] Merci mon ami

envisage d'ouvrir une école, déclarée à l'académie, pour la prochaine rentrée scolaire.

- Comment as-tu connu le père ? demande Guy à brûle pourpoint.

- Il y a quelques années, je ne sais plus exactement répond Kouider. Quand il est arrivé, c'était déjà la guerre, mais à Oran, le calme régnait encore… Pas la grande fraternité bien sûr, mais ni plus ni moins qu'avant 1954… Nous n'étions que des Arabes et eux, les roumis[9], des civilisés… Pourtant, au niveau du quartier, ou du travail pour ceux qui avaient la chance d'en avoir, l'amitié arrivait parfois à dépasser les querelles de race. En fait, c'est par des copains pieds-noirs, faisant partie d'un groupe, la JOC[10] je crois, animé par le père, que j'ai fait sa connaissance.

- Et ces copains où sont-ils maintenant ?

- Ils sont tous partis avec leur famille.

Un brouhaha énorme monte de la salle… Les deux amis se sont laissé surprendre par la fin de la bobine. Une marée hurlante se répand dans la cour pour l'entracte, relâchant d'un seul coup la tension énorme emmagasinée en trois quarts d'heure d'attention et d'immobilité.

---

[9] Nom par lequel les musulmans désignent un chrétien, un Européen.
[10] JOC : Jeunesse Ouvrière Chrétienne

JUILLET 1963

Ce soir, c'est la fête, la grande fête tant désirée qu'on attend avec une fébrilité croissante et une exaltation presque palpable tellement elle a saisi tout un peuple. Ce soir, c'est le premier anniversaire de l'indépendance. Depuis un an déjà on est libre, on a réappris la fierté d'être arabe et algérien aux yeux de tous. On n'a plus à supporter le regard condescendant de ces européens imposant leur civilisation, leur éthique, par la force. Voilà un an, on s'est délivré de cette soumission à l'étranger qui n'était pas veulerie, mais réalisme sous le carcan qu'on ne pouvait pas desserrer : « La main que tu ne peux trancher, baise-la » dit le proverbe. Pendant plus d'un siècle, il a fallu baiser cette main ; mais voilà un an, elle a été tranchée. Aujourd'hui pourtant, tout cela est oublié ; qu'importe le passé, seuls le présent et l'avenir comptent.

Guy ressent tout cela en se dirigeant vers la place après un tour dans le quartier. Il y trouve tous les amis assis sur le muret surplombant la rue.

- Labès ? lui lance Kouider.
- Labès, ya khouia ! Aïd Mabrouk[11] !

---

[11] Joyeuse fête.

Tout le monde éclate de rire tellement l'accent est mauvais. Guy lui-même rit de bon cœur.

- Ma parole, le blague Okba, tu fais des progrès fantastiques en arabe.

- Ne te fous pas de ma gueule, répond Guy en serrant les mains, je suis bien loin de parler arabe comme vous parlez français. Je crois bien d'ailleurs que je n'y arriverai jamais.

- Mais si ! mais si ! l'encourage Kouider près de qui il s'est assis.

- Alors, cette fête ça se prépare ?

- Pour nous c'est prêt ; on a mis quelques guirlandes et des drapeaux. Chez nous, la fête, ce n'est pas tant de soigner le décor, c'est de chanter, de danser, de s'étourdir dans le bruit. Et du bruit, crois-moi, il y en aura ce soir.

- José m'a dit qu'il y aurait même des coups de feu et que je ne devais pas sortir, de peur de recevoir une balle perdue.

- Pour les coups de feu, il a raison ; chez nous, il n'y a pas de vraie fête sans coups de fusils… Les Arabes ont toujours eu une âme de guerrier ; or la vraie liberté pour un guerrier c'est d'avoir une arme et de pouvoir s'en servir. Et as-tu jamais vu une vraie fête sans liberté ? Pour ce qui est des balles perdues, ne crains rien.

- Je pense que José a été très marqué par ce qui s'est passé le jour de l'indépendance.

- Vois-tu Guy, le jour de l'indépendance, la guerre était encore toute proche, toute chaude ; on voyait des ennemis partout, on avait encore des réflexes de haine et de peur. Mais aujourd'hui, il n'y a plus ni haine ni peur, nous sommes finalement moins rancuniers que les roumis... Et puis assez de ressasser tout ça, maintenant on fait un foot : Okba et Kadda, faites les équipes.

Un ballon a surgi, allez savoir d'où ? Une mêlée confuse se forme aussitôt. Kouider fonce dans le tas et ressort balle au pied après avoir fait le ménage. Un tir précis contre le mur de l'école et la balle lui revient dans les mains. Il se retourne face à la meute lancée à ses trousses.

- Stop ! Je garde la balle tant que les équipes ne sont pas faites.

Okba et Kadda ont tiré au sort celui qui commencerait l'appel ; la chance a souri à Okba. L'appel commence donc ; les premiers noms jaillissent vite car les meilleurs sont bien connus... Puis la cadence ralentit pour choisir les moins mauvais de ceux qui restent. Soudain Kadda se retourne et inventorie ses troupes :

- Merde ! Il me manque un goal... Guy, est-ce que tu joues ?

- S'il vous faut un goal, je veux bien.

Il ne reste plus qu'une demi-douzaine de gamins, mais leur valeur footballistique étant nulle, on arrête l'appel nominal :

- Je prends les trois de gauche et toi les trois de droite, propose Okba.

- Saha.

Chaque équipe rejoint son camp. Guy se met dans ses buts formés de deux caroubiers poussant à trois ou quatre mètres l'un de l'autre. La partie commence, acharnée, sur la place dont les arbres obligent les joueurs à faire de savants slaloms. Parfois le ballon va se loger dans la fourche des branches d'un arbre, occasionnant autant de temps morts pendant que l'un ou l'autre va le récupérer.

Baba Zébiri a laissé son ouvrage pour commenter le match avec deux dockers remontant du port. Ils se sont assis sur le muret pour mieux profiter du spectacle. D'ailleurs le tour de la place se garnit peu à peu de spectateurs improvisés, dont quelques gamines à l'œil rieur, qui sont là pour faire prendre l'air au petit frère ou à la petite sœur qu'elles tiennent à califourchon sur leur hanche.

Guy rentre au patro… Le match s'est terminé au moment où le soleil disparaissait derrière les terrasses des maisons. Avant de se séparer, Kouider l'a invité à monter en ville le lendemain pour assister au défilé et autres festivités en l'honneur du premier anniversaire de l'indépendance.

- Je ne sais pas si c'est prudent ? fait remarquer Guy.

- Avec nous, tu n'as rien à craindre, lui rétorque Okba. Et amène donc Jean Luc s'il en a envie.

Quand Guy arrive au patro, c'est l'heure du dîner. Les deux prêtres de la paroisse sont déjà dans la salle à manger pour le repas du soir. Par les larges baies, la vue sur le port est splendide. Majestueusement, le soleil s'engloutit dans la mer, embrasant tout le ciel d'un rougeoiement qui peu à peu se réduit à une braise posée sur l'horizon crépusculaire.

- C'est vraiment une belle journée qui s'annonce pour la fête, remarque Jean Luc.

- De toute façon, ils ne savent pas organiser une belle fête, répond le plus ancien des prêtres, curé de la paroisse ; avant, quand il y avait une fête, tout le quartier était illuminé. Il y avait bal sur toutes les places… Les rues étaient pleines de jeunes… C'est bien fini tout ça.

Personne n'a relevé le propos. Le père sait bien qu'il est inutile d'essayer de convaincre son curé que, telle qu'elle se prépare, la fête correspond mieux aux coutumes du peuple algérien. C'est encore si peu admis dans l'Eglise d'ici qu'il puisse y avoir quelque valeur en dehors d'une culture chrétienne. Il a vite compris que parmi ses confrères, certains en sont presque à considérer l'indépendance du pays comme une persécution, une épreuve envoyée par Dieu.

Accoudés à la balustrade de la terrasse sur laquelle s'ouvrent leurs chambres au dernier étage du patro, noyés dans la nuit, Guy et Jean Luc assistent silencieux au spectacle inhabituel qui s'offre à eux. Sur chacune des terrasses qu'ils surplombent s'est réuni un groupe, soit d'hommes soit de femmes, selon la coutume du pays. Chaque groupe a ses chanteurs et ses musiciens. Ils rythment les danses que tous, tour à tour, viennent exécuter un moment avant de retourner s'asseoir sur les tapis étalés le long des murets. Parfois, d'une terrasse, partent des « youyous » ; ce cri parti du plus profond de la gorge qui va s'amplifiant jusqu'à se terminer sur une note suraiguë. Depuis toujours ici, ce cri sert aux femmes à pousser les hommes au combat, ou à fêter la victoire. Et ce soir, c'est vraiment la grande fête de la victoire sur l'oppresseur, la grande fête du premier anniversaire de l'indépendance.

Soudain, sur une terrasse où sont réunis des hommes, l'un d'eux se dresse, son fusil tendu vers le ciel, et tire en l'air ; la détonation sèche soulève une vague de youyous guerriers qui, à peine retombée, repart de nouveau pour saluer une rafale de mitraillette à l'autre bout du quartier. Et durant un quart d'heure, c'est une véritable symphonie guerrière qu'écoutent les deux amis. Puis les tirs s'arrêtent, aussi soudainement qu'ils ont commencé ; seule reste l'odeur de la poudre flottant dans l'air.

Chaque terrasse a repris sa vie propre, ses chants et ses danses soutenus tantôt par la guitare, tantôt par le tambourin et la darbouka, toujours par le claquement des mains. Jean Luc et Guy restent fascinés par cette ambiance qui les enveloppe et, peu à peu, les pénètre.

D'une terrasse, juste derrière eux, une nouvelle rafale est partie, déclenchant une explosion de youyous… Et ainsi continue la fête entre les moments d'accalmie et les sursauts guerriers, pour ne mourir qu'au matin.

Tard dans la nuit, les deux amis se sont arrachés à la balustrade. De toute la veillée, ils n'ont pas échangé un mot.

- Les copains nous proposent de les accompagner en ville demain matin, dit Guy.

- Pourquoi pas !

Une poignée de main, et chacun rentre dans sa chambre.

Un appel monte de la rue, souligné du martèlement des poings sur la porte.

- Oh Guy !

Guy, qui est en train de finir de prendre son petit déjeuner, se précipite dans l'escalier pour ouvrir la porte. Kouider est là avec Okba et Kadda.

- Ben dites donc, vous allez démolir la baraque vous autres ! Et vous finirez bien par réveiller Jean Luc.

- C'est déjà fait, déclare celui-ci d'une voix endormie, en apparaissant en haut de l'escalier. Quand dormez-vous au juste les copains ?

- Quand c'est la fête, on oublie de dormir mon vieux, lui répond Kouider en lui donnant une bourrade dans les côtes… Bon, vous êtes prêts pour monter en ville.

- Mais je n'ai pas pris mon café, proteste Jean Luc.

- Tant pis, on le prendra en ville, sinon on va être en retard.

- Qu'y a-t-il exactement au programme des réjouissances ?

- Exactement ? Je ne sais pas Guy… Mais peu importe, on est tous tellement heureux que ça ne peut faire qu'une belle fête !

La petite troupe, qui s'est étoffée pendant la discussion, commence à s'ébranler tandis que Jean Luc part se donner un coup de peigne en vitesse. Cent mètres plus loin, il recolle au peloton.

Au fur et à mesure qu'ils avancent dans le quartier, le groupe grossit encore. Puis, en attaquant la montée coupée de marches d'escalier qui mène au centre-ville, d'autres groupes les rejoignent, arrivant des rues adjacentes. C'est à pleine rue que cette foule monte vers la Place d'Armes.

- Eh Kouider ! où penses-tu que je vais prendre mon café avec un tel peuple ? proteste Jean Luc.

- On verra, on verra, répond évasivement Kouider en lui décochant un sourire moqueur.

- Je crois bien que c'est tout vu sacré farceur.

En arrivant sur la place, Guy se retourne et constate que le groupe s'est dilué dans la foule. Il ne reste qu'une dizaine de copains.

- Faudra faire gaffe si on ne veut pas se perdre de vue, déclare Kouider qui vient de faire la même constatation.

- Je ne vous lâche pas d'une semelle répond Jean Luc. Avec vous je me sens en sécurité, mais tout seul dans cette foule, je crois bien que j'aurais la trouille.

Soudain un chant de la révolution éclate tout près de là ; la foule le reprend en chœur. Il est bientôt couvert par les youyous des femmes installées aux balcons et sur les terrasses.

Okba essaye de manœuvrer pour rejoindre un café vers le haut de la place, mais les mouvements de la foule rendent la progression aléatoire. Un remous plus important porte le groupe à proximité d'une autre terrasse de bistrot. Ce n'est pas celui qu'ils voulaient atteindre, mais d'autres jeunes libèrent justement une table sur laquelle les amis se ruent.

- C'est au poil dit Kouider, mais il faut surveiller le bout de la terrasse là-bas, elle surplombe la place et nous aurons un meilleur point de vue. Dès qu'une table se libérera il faudra foncer pour l'occuper.

En attendant chacun reprend son souffle car, bien qu'il soit à peine dix heures du matin, la chaleur est déjà torride. Pour l'instant, en guise de panorama, il n'y a que la foule compacte, submergeant le trottoir et la rue, secouée de convulsions profondes qui la soulève parfois comme une houle puissante.

- Eh cousin ! tu viens prendre les commandes. Lance Kadda au garçon qui semble complètement débordé derrière son comptoir.

- Ya khouia, je n'y arrive plus, viens plutôt prendre ta commande toi-même au comptoir.

Kadda se tourne vers la table pour compter les consommateurs :

- Ça fera onze cafés.

- Non ! Non ! proteste Guy. Pour moi ce sera un thé à la menthe.

- Moi aussi ! clament ensemble Djamel et Nacer.

Bon, alors huit caouas et trois thés à la menthe, résume Kadda avant de mettre le cap sur le comptoir.

A peine a-t-il tourné le dos que Khaldi alerte tout le monde :

- Là-bas, au coin de la terrasse, une table se libère !

- On y va ! décide Kouider. Mais emportez vos chaises, il n'y en aura sans doute pas assez.

Aussitôt dit, aussitôt fait, et le groupe s'abat comme une volée de moineaux sur la table à peine désertée. D'ici le point de vue est nettement plus avantageux : on découvre l'ensemble de la place. C'est un va et vient incessant, un brassage énorme qu'animent les courses sans fin des gamins.

- Par où arrive le défilé ? demande Jean Luc.

- Par en haut, déclare Okba.

- Non ! par en bas, le contredit Rezgui, ils viennent par le Front de Mer.

- Vous auriez pu vous renseigner, ça devait être dans le journal… C'est tout de même plus précis que le téléphone arabe.

- Bah ! rétorque Kouider, il n'est pas sûr que ce soit précisé dans le journal. De toute façon, quelle importance, d'ici on voit le bas et le haut, on ne peut pas le rater !

D'une petite rue arrive une voiture avançant au ralenti, prise d'assaut par une marmaille braillarde. Ça tambourine à tout va sur la carrosserie pour accompagner le klaxon qui scande de joyeux « Ya ! Ya ! Djezaïr[12] ! », bientôt repris en chœur par la foule. A tout ce vacarme vient de s'ajouter celui de dix paires de mains malmenant en cadence la table autour de laquelle est assise la joyeuse bande.

- Eh là ! calmez-vous, que je puisse déposer les consommations.

- Kadda pose son plateau sur la table et s'assoit.

- Vous auriez pu me prévenir que vous aviez changé de table ; j'ai dû faire le tour de la terrasse avant de vous trouver. Aussi ne vous étonnez pas qu'il y ait autant de café dans le plateau que dans les verres.

Toutefois les verres sont suffisamment pleins pour que chacun puisse siroter son café ou son thé à petites gorgées gourmandes. Guy profite de cette accalmie provisoire pour laisser errer son regard sur les immeubles qui entourent la place. La plupart des balcons sont décorés et envahis par les femmes. Certains pourtant sont déserts ; derrière les rideaux des fenêtres fermées on voit parfois se dessiner une ombre furtive. Ce sont des pieds-noirs, restés ici après l'indépendance et qui n'osent pas se montrer en ce jour. Ils ont peur de provoquer la haine de cette foule qui, voilà un an tout juste, s'est parfois déchaînée contre eux.

Kouider a suivi le regard de Guy :

---

[12] Algérie

- Ils font bien de rester chez eux ; ce n'est pas qu'ils risquent quelque chose, mais ils nous gâcheraient la fête en se montrant.

Déjà les verres sont vides et la conversation repart.

- C'est vrai qu'avec le patro on va organiser des sorties à la plage pendant l'été, comme avant ? demande Djamel.

- Oui, répond Kouider, le père m'en a parlé. Ça démarrera la semaine prochaine, le jeudi. Il s'occupe de louer un car.

- Il ne faudra pas que ce soit trop cher, sinon beaucoup ne pourront pas venir.

- Le père a parlé de un dinar par personne ; ça devrait être accessible à toutes les bourses.

- Saha ! si c'est comme ça, on remplira facilement le car.

- Il arrive votre défilé, s'impatiente Jean Luc ; on ne va tout de même pas prendre racine ici.

- C'est vrai, renchérit Okba, on ne va tout de même pas passer la fête de l'indépendance assis à la terrasse d'un bistrot !

- D'accord, mais où va-t-on ?

- Au Front de Mer, proposent plusieurs voix.

- Au moins, déclare Khaldi, on est sûr que le défilé y passera puisqu'il vient d'être rebaptisé

« Boulevard de l'Armée de Libération Nationale ».

A peine nos amis se sont-ils levés que d'autres prennent leur place. Toute l'équipe se retrouve dans la rue, brassée par la foule. En jouant des coudes, Okba, qui s'est porté en tête, essaye de se frayer un passage. Pour ne pas perdre sa trace, les autres se serrent derrière lui en une véritable mêlée de rugby. Ils finissent par arriver au Front de Mer, lui aussi envahi par la foule. Ils doivent encore jouer des coudes pour atteindre les rambardes, d'où on a une si belle perspective sur le port et la baie. Ils y parviennent enfin et s'y appuient, serrés les uns contre les autres, comme des sardines.

La ville moderne d'Oran a cette particularité d'être construite sur un plateau au bord duquel le boulevard du Front de Mer s'accroche comme un balcon, dominant d'une cinquantaine de mètres le port marchand. Vers la droite, du côté de la passe, les installations portuaires vont buter sur le pied des falaises de Gambetta ; plus loin se dresse la Montagne des Lions telle une immense « rhaïma[13] » plantée au-delà des falaises de Canastel. Sur la gauche, l'épaulement rocheux qui prolonge la Grande Place dérobe à la vue les ports de pêche et de

---

[13] Grande tente des bédoins

plaisance. Par contre, se dresse haut dans le ciel l'orgueilleuse forteresse espagnole de Santa Cruz. Légèrement en contrebas, se niche, dans la verdure des pins, le sanctuaire de Notre Dame. Et en face, d'un bout à l'autre de l'horizon, passant par tous les bleus de la palette, la mer dont les moutonnements viennent sans fin mourir sur les digues du port.

Guy ne se lasse pas d'admirer le panorama qui s'ouvre largement devant lui. Seul détail insolite : là-bas, au pied des falaises de Gambetta, un groupe de citernes aux tôles calcinées et tordues met une note de désolation dans le tableau.

- C'est un attentat ? demande-t-il à Kouider.

- Oui, c'est un des derniers cadeaux de l'O.A.S. ; pour ce que ça leur a servi ! Encore une chance, ces quatre citernes ont été les seules ravagées par l'incendie. Mais la fumée nous a tout de même caché le soleil durant trois jours.

- Dites donc, intervient Jean Luc, si on se poussait un peu plus loin, histoire de se mettre à l'ombre des palmiers ? Je n'ai pas un crâne blindé comme vous et le soleil commence à chauffer dur.

D'un commun accord, ils se remettent en marche, rejoignant le milieu de la chaussée où la foule est moins dense, et arrivent à hauteur du monument aux morts au moment où un important

42

service d'ordre commence à refouler les gens sur les trottoirs pour préparer le passage du défilé. Ils manœuvrent pour se retrouver au premier rang. Djamel et Nacer ont opté pour une position plus élevée en s'agrippant au tronc d'un palmier : point d'observation de premier choix, mais position bien inconfortable qu'ils abandonnent avant même que le défilé ne soit en vue.

On devine bientôt son approche au son de la musique militaire, mais aussi et surtout par les youyous des femmes qui jaillissent des terrasses et des balcons au fur et à mesure que le défilé avance.

- C'est bien la première fois que je vois une telle ambiance pour un défilé militaire, s'exclame Jean Luc.

- Tu es suisse, tu ne peux pas comprendre, explique Khaldi ; il y a un an, nous étions tous l'armée de libération. Ceux qui défilent aujourd'hui étaient aux premiers rangs, bien sûr, mais nous n'étions pas loin derrière. L'indépendance a vraiment été l'affaire de l'ensemble du peuple algérien.

AOUT 1963

Sept heures ! Guy, qui se réveille en sueur, jette un coup d'œil au thermomètre. Plus de trente-cinq degrés à cette heure pourtant assez matinale ; pas étonnant qu'il se sente écrasé de chaleur. Encore un coup de siroco… Il va à la fenêtre et pousse les volets pour faire entrer un peu de la fraîcheur de la rue qui, exposée au nord, n'a pas encore subi les ardeurs du soleil.

« Ya boubouch ! Ya boubouch ! ». Avant même qu'il n'ait poussé les volets, les bruits de la rue envahissent la chambre. Boubouch, c'est l'escargot, comme ceux petits et noirs débordant de la caisse à roulette poussée par le marchand ; ils sont si bons à manger en kémia[14] avec une bière fraîche ou une anisette. Mais déjà, d'un peu plus bas dans la rue, montent en contrepoint les appels du marchand de poisson : « La sardinééé ! La sardinééé ! ». Guy fait claquer ses volets contre le mur. La voisine, en face, est à son balcon, laissant glisser un couffin au bout d'une corde jusque sur le trottoir. C'est pour le marchand de poisson qui arrive, poussant sa bicyclette à la main avec, sur le porte bagage, une cagette de sardines recouverte d'un sac humide

---

[14] Amuse gueule pour apéritif.

- Shal[15] kilo sardiné ?
- Ashra[16] douros[17]
- Jib zouj[18].

Guy, qui n'a rien perdu de la scène, aperçoit près du marchand son ami Kouider qui lui fait signe de la main.

- Salut Guy, j'attendais justement que tu te réveilles : je voudrais te demander quelque chose pour la plage.

- Tu aurais pu venir plus tard, le car ne part qu'à neuf heures.

- Je sais, mais je voudrais être fixé tout de suite.

- Attends, je descends t'ouvrir.

Il enfile en vitesse un short et une chemisette, glisse ses pieds dans des tongs et dévale les deux étages.

- De quoi s'agit-il ?

- Ben voilà, Guy, on aime bien la musique.

- Et bruyante de préférence, ça, je suis au courant !

- Avant, au patro, il y avait une clique. Tous les instruments sont restés dans le local qui donne sur la cour, à gauche, en bas de l'escalier.

---

[15] Combien
[16] Dix
[17] Le douro oranais vaut 5 centimes de dinar.
[18] Donnes en deux

On aimerait pouvoir emmener un tambour à la plage.

- Je vois bien le local dont tu parles, mais je n'y ai jamais mis les pieds. Ecoute, c'est le père qui décidera de ce que vous pouvez emporter ou pas ; je prends les clefs pour aller y jeter un coup d'œil.

Guy remonte dans la salle à manger ; c'est là que, dans un placard, se trouvent sur un tableau toutes les clefs de la maison. Effectivement, il en découvre assez rapidement une grosse dont l'étiquette indique : « Salle de musique ».

Kouider, descendu dans la cour, attend, adossé au mur près de la porte de la salle de musique. Quand Guy ouvre, une odeur d'humidité et de moisi monte du local qui ne prend le jour que par deux petits fenestrons grillagés au raz du plafond. Au fond de la pièce, sagement rangés sur des étagères qui couvrent tout le mur, trônent clairons, trombones, cymbales et autres instruments de musique.

Tout en haut sont alignés les tambours. Sur une table, dans le coin, il y a la grosse caisse. Guy monte sur la table et descend les tambours.

Méthodiquement, Kouider les passe en revue réglant les tendeurs, tapotant les peaux pour s'assurer qu'elles sont bien tendues.

- Ils commencent à être foutus car l'atmosphère est trop humide. Pourtant ces deux-là sont comme neufs.

- Mets-les de côté, je vais voir ce que je peux faire.

Guy referme à clef.

- A tout à l'heure, dit Kouider en sortant dans la rue.

- O.K. répond Guy qui remonte mettre la clef à sa place.

Entre temps le père est arrivé pour le petit déjeuner.

- Kouider était là ? Il me semble avoir entendu sa voix.

- Oui, nous étions dans la salle de musique ; il voudrait emmener un tambour à la plage. Mais j'ai bien peur qu'avec le sel ça ne devienne un tambour foutu.

- C'est vrai, mais d'autre part tous ces instruments sont en train de pourrir. Personne n'en aura plus l'usage maintenant, ils peuvent bien les prendre.

- On n'en prendra qu'un à la fois, ça fera durer le plaisir.

Neuf heures moins le quart, un solide tambourinement ébranle la porte. C'est Kouider. Guy, qui l'attendait, ouvre aussitôt.

- Alors ? demande Kouider.

- C'est d'accord pour un.

- Hamdoullah ! s'exclame Kouider en se précipitant dans l'escalier.

Guy le suit avec la clef. Une fois dans la pièce, Kouider procède à un dernier choix.

- Ça va être la surprise ; je n'en ai pas parlé aux autres.

Puis ils descendent vers la place d'où monte une longue acclamation saluant l'arrivée du car. Son moteur ronfle à plein régime en remontant la route du port.

Arrivant sur le lieu du rendez-vous, Guy et Kouider se trouvent nez à nez avec Nacer qui commençait à faire le service d'ordre. Tombant en arrêt devant le tambour, il l'arrache des mains de Kouider sans que ce dernier ait seulement le temps de réagir. Brandissant son trophée à bout de bras, il amorce un tour de place en rugissant, tel le capitaine de l'équipe victorieuse offrant la coupe à l'admiration du public. Aussitôt, tous les gosses qui sont là lui emboîtent le pas, délaissant momentanément le car qu'ils commençaient à prendre d'assaut.

En fin de course, Nacer s'engouffre dans le car, suivi de Djamel et Rezgui. Aussitôt derrière eux, Kouider et son frère Khaldi en bouclent l'accès à la meute qui suivait de près et que les rythmes endiablés du tambour rend encore plus houleuse.

- Tout le monde en rang et préparez la monnaie ! clame Kouider.

Les gamins se rangent tant bien que mal, aidés par les solides bourrades de Kadda et d'Okba.

Un à un ils montent après avoir donné le dinar qu'on leur demande pour le voyage. Kouider vérifie aussi qu'ils ont bien dans leur sac ou leur baluchon un casse-croûte pour midi, car on reste toute la journée à la plage.

- Jamais on ne pourra faire monter tout ce monde, remarque Guy qui a rapidement évalué le nombre de gosses.

- Ne t'en fais pas, répond Kouider ; beaucoup de ceux-là essayent de resquiller une place gratuite… Hé toi ! Où est ton casse-croûte ?

- Je n'en ai pas, mais j'ai de l'argent pour acheter sur place.

- Si tu as de l'argent, va l'acheter tout de suite avant le départ ; là-bas il n'y a pas de marchands à proximité de la plage, et il faudra rester groupés.

Le gosse a un moment d'hésitation, puis comprenant qu'il n'aura pas gain de cause, file faire quelques emplettes.

- Kouider, intervient Okba, il y en a un autre ici qui n'a pas de casse-croûte.

- Mais j'ai l'argent pour le car, tant pis, je ne mangerai pas.

- Non, il a bien été précisé à tout le monde qu'il fallait amener son repas froid.

- Je l'ai dit à ma mère, mais elle n'a rien préparé ; elle est malade.

- Comment ça elle est malade ? ironise Kadda. Je la connais ta mère, elle est passée chez moi ce matin pour aller au bain avec la mienne.

- Peut-être elle allait au bain, mais quand je suis parti, elle était malade et n'avait rien préparé !

- Laisse tomber Kouider, crie un gamin penché à une fenêtre du car, j'ai à manger pour deux au moins, je m'arrangerai avec lui, c'est un copain.

- Bon, ça marche, mais ne recommence plus.

Petit à petit le car s'est rempli, Khaldi ferme la portière et le chauffeur démarre. Précédé par un roulement de tambour éclate un chant de la révolution repris à pleine voix par tout le groupe.

Le véhicule descend doucement, fendant la foule de ceux qui ne partent pas mais sont venus assister au départ. Cent mains tambourinent sur la carrosserie au rythme du chant. Soudain, alors que le car s'engage dans la rue du port, des coups plus violents secouent la porte.

- Kouider ! Kouider ! hella l'bab[19], s'il te plaît.

Le chauffeur s'est arrêté de lui-même, Kouider ouvre la porte : c'est le gamin de tout à

---

[19] Ouvre la porte

l'heure, exhibant à bout de bras son casse-croûte : une baguette de pain, une demi-livre d'olives et quelques rondelles de saucisson cachir.

- C'est bon, monte. Et se retournant vers l'intérieur du car : serrez-vous dans l'allée.

Le lourd véhicule prend de la vitesse, entraînant par les rues tranquilles son chargement qui vocifère de plus belle des chants de la révolution.

Une petite heure plus tard, le car vient se ranger sur la place de Cap Falcon, petit village de la côte dégringolant jusqu'à la plage nichée au pied d'un cap rocheux l'abritant du large. De tous les cabanons, qui s'entassent le long de l'escalier qui relie la route à la plage, bon nombre sont abandonnés. Il faut de l'imagination pour se faire une idée de la vie grouillante qui devait animer l'endroit il y a quelques années. Le manque d'entretien ces derniers temps a laissé libre cours à la corrosion marine ; et tout ce que le sel n'a pas rongé, les maraudeurs l'ont emporté.

On a fait se ranger les enfants contre le mur pendant que le père fixe le rendez-vous avec le chauffeur pour la fin de l'après-midi. Tandis que le car repart dans un épais nuage de fumée noire, la petite troupe s'engage dans l'escalier dont le décor de murs lépreux et de volets de guingois est désolant, malgré les touches vives qu'y met le soleil.

La descente se fait dans un piaillement suraigu. Le tambour s'est tu, l'inégalité des marches requérant toute l'attention de son porteur. Guy ouvre la marche et a bien du mal à endiguer le flot indiscipliné des gamins qui le poussent. Certains s'empêtrent dans leur couffin ou dans la chambre à air qui leur servira de bouée.

L'escalier tourne à angle droit entre deux cabanons, découvrant d'un seul coup l'ensemble de la baie où dort une eau aussi calme que celle d'un lac. Guy s'est arrêté un instant, saisi par la beauté du site ; il se trouve emporté malgré lui par la horde hurlante dévalant comme un torrent la dernière volée de marches qui vient mourir sur le sable fin de la plage. Déjà les premiers, ayant laissé pêle-mêle leurs couffins en bas de l'escalier, font voler chemisettes et pantalons pour être plus vite dans l'eau. Mais Khaldi, qui n'était pas loin, intervient aussitôt pour stopper la débandade.

- Qu'est-ce que c'est que ce souk ? Tout le monde garde ses affaires et va se ranger le long des rochers. Vous irez à l'eau quand on vous le dira !

Un roulement de tambour ponctue cet ordre énergique. Chacun s'exécute Quand tout semble rangé, Kouider passe les consignes :

- Repérez bien où vous avez mis vos affaires. Il est dix heures, jusqu'à midi personne n'a le droit de venir ici. Nacer et Djamel assureront la surveillance pour que rien ne disparaisse. Restez sur la plage pour le moment ; nous allons délimiter un périmètre de bain avec une corde : personne ne devra en sortir. Vous n'entrerez dans l'eau qu'à mon coup de sifflet.

Une fois le dispositif en place, Kouider siffle le début du bain. Un énorme cri salue l'événement, tandis que la meute fait éclater en gerbes d'écume la surface si calme de l'eau. Les plus petits restent près du bord, à barboter et à s'éclabousser, leur chambre à air passée sous les bras.

Parmi les plus grands, dont certains nagent comme des poissons, quelques-uns voudraient bien sortir du périmètre pour gagner le large. Kouider doit sans fin les convaincre de respecter une discipline de groupe. Si l'un ou l'autre s'échappe malgré tout, Khaldi, qui prépare son diplôme de maître-nageur, se charge de le rattraper en trois brasses et de lui faire entendre raison.

Dans une telle ambiance, le temps passe vite et bientôt le père demande à Kouider de siffler la fin de la baignade en lui recommandant de bien expliquer à tous qu'on ne retournera pas au bain avant trois heures pour ne pas risquer de congestions.

Kouider traduit aussitôt en arabe la recommandation pour ceux qui ne comprennent pas le français. Pendant les minutes qui suivent règne la paix des affamés ; mais bien vite l'animation revient, le frugal repas ayant été vite expédié.

- On va faire une partie de foot, propose Okba en se levant. Amène le ballon Kadda et tirons les équipes au sort.

Bien plus tard, quand il a sifflé la fin du match, Kouider vient s'affaler près de Guy qui s'est allongé le long d'un rocher pour profiter de l'ombre rare en ce début d'après-midi d'août.

- C'est dingue de se démener autant sous un tel soleil ! Heureusement que c'est bientôt l'heure du bain ; juste le temps de reprendre souffle et on pourra retourner à l'eau… Ça nous rafraîchira.

- Moi, je n'y vais pas, j'ai proposé de remplacer Nacer. Je commence à attraper des coups de soleil ; si je remets ça je vais être littéralement cuit. Je reste là assis à l'ombre pour surveiller les affaires.

- C'est tout de même dommage que tu ne puisses pas profiter d'un aussi beau soleil.

- Bien sûr, mais j'ai la peau tendre, je ne suis pas un dur à cuire comme vous.

Kouider se lève et prend le sifflet qui lui pend au cou. Chacun se prépare à foncer dans l'eau au signal

- Pas de panique, on opère comme ce matin.

Guy est resté assis en compagnie de Djamel.

- Personne ne t'a remplacé ?

- Si, Rezgui m'a déjà remplacé en fin de matinée, il pique juste une tête et me libère pour l'après-midi.

- Tant mieux pour toi, ce serait dommage de venir à la plage et de ne pas en profiter.

Djamel ne répond pas. Guy remarque que son regard est tendu vers le large. En scrutant bien dans la même direction, il aperçoit un bateau qui, peu à peu, s'enfonce sur la ligne d'horizon.

- Tu connais ce bateau ? demande Guy.

- Ce doit être celui qui partait à midi pour Alicante, il y a presque toujours du retard à l'embarquement.

- Ils auront une belle traversée… c'est chouette un temps pareil, une vraie croisière.

- Croisière ou pas, je rêve de partir en France sur un bateau.

- Mais pour partir, il faut des papiers, ce n'est pas très facile.

- Les papiers, ce n'est pas possible ; mais avec les dockers au port, on peut arriver à s'arranger. J'ai un copain qui a ainsi embarqué en clandestin l'an dernier. Il avait de la famille à Marseille et a réussi à trouver du travail chez un boulanger. Au bout de trois mois, il a pu obtenir sa carte de résident… J'aimerais pouvoir faire comme lui.

- Mais toi, tu as de la famille là-bas ?

- Non, du moins pas à Marseille... Merde, Rezgui met du temps à revenir ; regarde-le faire le fou avec le ballon, je crois qu'il m'a complètement oublié.

- Si tu veux, je te remplace. Je suis comme Guy, j'ai la peau trop tendre ! Alors, tu y vas ? C'est le père qui vient de s'approcher ; il a passé une chemisette, mais à la figure et au cou, on voit que c'est un peu trop tard et que la nuit sera cuisante.

Djamel s'est détendu comme un ressort, balançant un « merci » réjoui par-dessus son épaule.

- Vous faisiez déjà de telles sorties avant l'indépendance ? s'enquiert Guy.

- Oui, sauf l'année dernière ; la situation ne s'est vraiment dégradée ici qu'à la fin de l'été 1961. Jusque-là les plages étaient sûres, dans la journée au moins, du fait de la proximité des bases militaires de Mers El Kébir et de Bou Sfer. Mais nous n'emmenions que les français. Seuls quelques algériens comme Kouider et son frère Khaldi, qui avaient des amis français, venaient parfois ; mais pas les dernières années.

Guy entend à peine la fin de la phrase ; une envie de dormir, qui le taquinait depuis un moment, vient de le terrasser.

- Monsieur Guy, je peux prendre mes habits ?

Guy ouvre un œil encore nébuleux et voit un petit bonhomme, qui peut bien avoir huit ans, debout devant lui.

- Dis, je peux ?

Au prix d'un gros effort, Guy reprend pied dans la réalité et s'assoit. Pourquoi ce gamin veut-il s'habiller ? On s'habille pour partir, or c'est encore l'heure du bain.

- Où veux-tu aller ?

- Ben Kouider a dit qu'on sortait de l'eau dans cinq minutes… Je préfère m'habiller tout de suite, après, ce sera la bagarre.

La fin de la baignade ? Guy consulte sa montre, en effet, il est bientôt cinq heures ; d'ailleurs, les ombres qui se sont allongées sur la plage ne permettent pas d'en douter… Mais quelle chaleur !

- Alors, je peux ?

- Mais oui mon bonhomme, je t'oubliais… Tu parles bien français pour ton âge.

- C'est que je suis ici en vacances. J'habite en France et je vais à l'école là-bas.

- C'est toi qu'ils appellent le « Parisien » ?

- Oui, mais ils se trompent, j'habite Lyon… Ils disent ça pour se moquer de moi car je parle très mal l'arabe.

Un coup de sifflet strident interrompt la conversation. Le « Parisien » saute sur ses affaires avant l'arrivée de la meute. Déjà, ceux qui forment le périmètre de bain se mettent en marche pour ramener, tel un filet, tous les baigneurs sur la plage.

- Oh ! tu rêves ou quoi ?

C'est Kouider qui interpelle Guy, adossé à un rocher, fixant au loin sur la plage un groupe d'hommes poussant une barque à la mer.

- Pourquoi y-a-t-il tant de monde pour mettre une barque à l'eau ?

- Ils vont faire une pêche spéciale avec un grand filet. Elle est souvent fructueuse, mais il faut beaucoup de monde et une mer très calme.

- Si tu n'as jamais vu ça Guy, vas-y avec Kouider ! intervient le père qui a entendu le dialogue. Les gars sont plus calmes en fin de journée, nous pourrons nous passer de vous jusqu'à l'arrivée du car. Le rendez-vous est là où il nous a laissés ce matin sur la place du village, à l'opposé de l'arrêt de la ligne régulière. Mais n'oubliez pas que l'on part à six heures.

- D'accord ! on y va Kouider ?

- On y va !

Le temps de s'habiller et de laisser leurs affaires de bain à un copain, les voilà qui filent en petites foulées au ras des vagues, là où le sable mouillé porte mieux.

Les cris des gamins s'estompent peu à peu, ainsi que les roulements du tambour qui ont repris.

Là-bas, devant eux, la barque gagne le large, propulsée à grands coups de rames, puissants et réguliers, par deux jeunes gaillards, tandis que deux autres pêcheurs plus âgés dévident soigneusement le filet pour le mettre à l'eau.

- Tu vois, dit Kouider tout en courant, le bout du filet est tenu par le grand costaud qui est dans l'eau jusqu'à mi-mollet. La barque va piquer au large sur deux ou trois cent mètres selon la longueur du filet, puis elle reviendra sur le rivage un peu plus loin. Le filet ainsi déroulé forme nasse.

Bientôt en effet, la barque, au large, amorce une courbe qui la ramène vers la plage. Les deux hommes dévident toujours soigneusement leur filet dont les flotteurs de liège font un pointillé noir à la surface étale de l'eau.

Maintenant la nasse s'est pratiquement refermée. Kouider et Guy se sont assis sur le sable à une vingtaine de mètres du point d'atterrissage. Le groupe des pêcheurs s'est scindé en deux pour empoigner chacune des extrémités du filet, prenant bien soin de dégager la barque de la nasse ainsi refermée.

Alors, lentement, régulièrement, les hommes halent le filet, d'abord à la force des bras, puis en marchant en arrière, talons solidement fichés dans le sable, dès que le raclement du filet sur le fond sableux rend la tâche plus rude.

Déjà le pointillé des flotteurs n'est plus qu'à une vingtaine de mètres du rivage. On voit, de plus en plus nombreux, des poissons qui sautent en l'air, affolés par le danger qu'ils pressentent et auquel ils n'arrivent pas à échapper.

La dernière phase est la plus délicate. Une fausse manœuvre, un coin de filet qui se soulève, et une partie de la pêche serait perdue. Mais tout se passe bien et le filet est traîné à bonne distance sur la plage. Kouider, qui s'est approché, suivi de Guy, hoche la tête :

- Il y en a bien cent cinquante kilos ; ce n'est pas souvent qu'on réussit un aussi beau coup !

Les deux hommes qui s'occupaient du filet sur la barque s'approchent du tas de poissons. Ils commencent à les trier en faisant plusieurs parts avec le même nombre de chaque sorte de poissons. Les commentaires vont bon train ; on compare, on soupèse, on conteste, tout cela dans la bonne humeur.

- La pêche est bonne dit Kouider, le partage se fera sans trop de problèmes !

- Espérons-le, Quant à nous, il vaudrait mieux filer si on ne veut pas faire attendre le car.

- Passons par la falaise, il y a un sentier qui rejoint la route tout de suite, on gagnera du temps.

Les deux amis se lancent au pas de course vers la place du village. Bientôt, ils longent le petit stade près duquel se trouve l'arrêt des cars de la ligne régulière. Déjà une masse imposante de voyageurs s'y presse. Faiblement s'élève le ronflement d'un moteur dont le chant s'amplifie rapidement ; une tempête se déclenche sur le trottoir près duquel celui-ci vient se ranger. La bousculade est telle qu'il se passe de longues secondes avant que le premier passager puisse se glisser à l'intérieur : c'est un jeune garçon qui, contrairement aux autres, n'a pas de bagage. Il fonce aussitôt à l'arrière et baisse une vitre côté route ; trois ou quatre de ses copains l'attendent sous la fenêtre, ils lui passent leurs bagages avant de les suivre par la même voie. Le car finit de se remplir lentement ; Kouider et Guy se sont arrêtés pour profiter du spectacle.

- Et c'est tous les jours pareil, remarque Kouider. Il manque de cars, les baigneurs qui traînent trop longtemps sur la plage doivent parfois rentrer à pied ou coucher à la belle étoile.

Le car s'est enfin rempli et redémarre doucement, les flancs battus par les mains des heureux élus qui laissent éclater leur joie, narguant ceux qui sont restés sur le pavé. Mais voilà qu'un mouvement ramène la foule en arrière ; un autre car vient de surgir au tournant de la route.

- C'est le nôtre, s'écrie Kouider qui de loin a repéré la pancarte « Spécial ». Vite filons pour ne pas faire attendre.

Ils décampent ; peu après leur parvient l'énorme rumeur de désappointement accompagnant le passage du car qui ne s'est pas arrêté devant le panneau officiel et se dirige vers le groupe de jeunes du patro.

.

DEBUT SEPTEMBRE 1963

Guy est allé se reposer un moment dans sa chambre avant le repas du soir, appréciant cet îlot de calme après le brouhaha de l'après-midi ; d'autant qu'avec Jean Luc, ils ont dû mettre les bouchées doubles, Kouider s'étant absenté pour aller se présenter chez Bastos qui, dit-on, embauche. Mais tant de bruits courent et il y a tant de fausses joies qu'il faut beaucoup d'opiniâtreté pour continuer sans cesse cette quête du travail.

Jean Luc se repose aussi. Quand vient l'heure du repas, il se lève, claque la porte de sa chambre et entre chez Guy.

- Tu descends manger ? Monsieur le curé va encore grogner si on est en retard.

- Cette marque d'attention pour ce cher homme m'étonne de ta part. Je n'aurais jamais cru qu'il présente un motif suffisant pour te tirer d'une position horizontale.

- Arrête tes conneries ; ce que j'en disais… La vérité, c'est que j'ai faim.

- Là, je te reconnais mieux.

Ce disant, Guy s'assoit sur le bord de son lit, se passe la main dans les cheveux puis s'étire longuement avant de daigner emboîter le pas à son copain qui le précède dans l'escalier.

Tout le monde est là, sauf le père. Monsieur le curé, qui déambule d'un pas de chanoine devant les grandes baies donnant sur le port, ne peut s'empêcher de ronchonner :

- C'est toujours les mêmes qu'il faut attendre. Chacun a ses problèmes bien sûr, mais si tout le monde n'y met pas du sien, il n'y a plus de vie communautaire possible !

Le grincement de la porte palière arrête les doléances de Monsieur le curé. Le père arrive et, après une brève prière, le repas commence. Ambiance morose engendrée par la coexistence de personnes qui, par-delà des divergences marquées et notoires, essayent de maintenir une vie communautaire. Ça ne correspond finalement plus à grand-chose, l'essentiel étant d'échanger des banalités sur un ton suffisamment mesuré pour que personne ne trouve motif à se sentir attaqué personnellement.

- Alors, Monsieur le curé, demande le père, vous décorez l'église samedi prochain ?

- Oui, c'est le mariage de Mercédès et Enrico. Ils veulent le célébrer ici, dans leur ancienne paroisse, bien que leur famille habite à présent en ville. Hélas, ils partiront en France tout de suite après. Enrico attendait sa nomination à Marseille pour se marier ; maintenant qu'il est titulaire, il a devant lui un avenir stable.

- Et vous pensez que les orgues sont en état ?

- Oui, je les ai essayés ce matin. Pour compléter la fête, le petit Jean sera baptisé dimanche en début d'après-midi. Hélas ses parents aussi partent en France prochainement. On aurait pourtant bien besoin d'une telle jeunesse ici, il n'y a plus que des voyous… Ce midi encore, en quittant l'église, j'ai été insulté en arabe par des gamins qui n'avaient pas dix ans ; ils m'ont craché dessus. Heureusement, ils étaient loin et leurs crachats n'ont pas atteint ma soutane.

- C'est sûr que nous vivons dans deux mondes totalement différents. Ça entraîne des difficultés, mais en y mettant chacun du sien…

- Je pense que vous faites erreur. Ces gens-là, jamais on ne pourra les civiliser, même avec toute la charité chrétienne imaginable.

Cette déclaration péremptoire tend un peu plus l'atmosphère et le repas se poursuit en silence. Profitant de la diversion créée par l'arrivée de la cuisinière, qui apporte les légumes, Guy hasarde une question au père.

- Cette après-midi, Kouider est allé se présenter chez Bastos qui, selon la rumeur embauche. Comment va-t-on faire les cours s'il travaille ?

- Je sais, il m'a tenu au courant… De toute façon, Bastos n'embauche qu'à partir de début octobre. Dès que Kouider sera fixé, on en parlera ensemble.

Le repas fini, le père, Guy et Jean Luc se retrouvent à la rambarde de la terrasse du premier étage pour profiter un peu de la fraîcheur montant de la cour plongée dans l'ombre depuis un moment déjà. Soudain des coups ébranlent la porte de la rue. Jean Luc qui est le plus près de la montée d'escalier intervient :

- Une minute, j'arrive.

Il monte sans trop d'empressement la volée d'escalier menant à la porte palière.

- Tiens, c'est toi Kouider ! Quel est le résultat des courses ?

- L'affaire est dans le sac, je suis embauché dès début octobre !

Tout heureux, il déboule dans l'escalier comme un chien fou.

- Hamdoullah ! s'écrie le père qui a entendu ; pour une nouvelle, c'est une bonne nouvelle.

Guy se contente de lui donner une grande tape dans le dos à laquelle Kouider répond d'une bourrade dans les côtes.

- Justement, continue le père, j'attendais que tu sois fixé sur ton avenir pour discuter de la prochaine rentrée scolaire dans la nouvelle école dont je vous avais parlé avant l'été. L'académie devrait donner prochainement son accord officiel pour l'ouverture de quatre classes. En plus de Guy et Jean Luc, deux coopérants militaires ont été engagés pour assurer les cours. Comme on manque de place ici, on s'installera dans l'ancienne cure. En abattant quelques cloisons, ça devrait aller.

- On va devenir une vraie école, s'exclame Guy ; ça sera sûrement mieux, mais ça va poser d'autres problèmes.

- De toute façon, on n'a pas le choix si on veut l'agrément du ministère de l'éducation.

- Tout ça, c'est bien pour les jeunes qui ont le temps de venir pendant la journée, approuve Kouider. Mais déjà beaucoup d'adultes m'ont demandé si on ne pouvait pas faire des cours du soir pour eux.

- C'est envisageable par la suite, mais dans l'immédiat, pensons surtout à ouvrir nos quatre classes. Une fois que ça sera démarré, on pourra s'occuper des cours du soir.

- Outre les locaux, intervient Jean Luc, il va y a voir deux problèmes : d'une part l'achat des livres, d'autre part la sélection des élèves par niveau.

- Pour les livres, ça ne devrait pas poser trop de problèmes ; mais pour sélectionner les élèves, c'est effectivement une autre histoire ! En effet nous ne devons prendre que des jeunes éliminés de l'école primaire par la limite d'âge. Il faudra donc reconstituer des classes, non par tranche d'âge, mais par niveau réel de connaissances.

Le petit topo du père laisse tout le monde pensif un moment, puis Kouider remarque :

- Tant qu'il s'agissait de jeunes du quartier tout proche, ça pouvait aller, on savait à quoi s'en tenir. Mais si on ouvre une vraie école, il va en venir de Sidi Lahouari et même des Planteurs ; alors là, c'est vraiment l'inconnu.

- Il faudrait mettre sur pied un système de tests, pense tout haut Jean Luc ; mais ça dépasse notre compétence.

- J'ai peut-être une solution, hasarde Guy, j'ai fait la connaissance de la directrice algérienne de l'Ecole Normale par un copain du service militaire. ... Il est normalien et a fait une partie de ses études avec elle à Paris. Je pense qu'elle se souviendra de moi… De toute façon, je ne risque pas grand-chose à essayer.

- Tu pourras aussi te tuyauter pour les bouquins, renchérit Jean Luc.

Les bouquins ! Guy ne peut s'empêcher de penser au jour où, avec Kouider et Jean Luc, ils sont allés acheter ceux utilisés actuellement. C'était l'aventure ; on ne savait pas trop où on allait, et le budget était des plus réduits. Après avoir fouiné chez tous les revendeurs de bouquins qui pullulent sous les arcades de la rue d'Arzew, ils avaient vite compris que le seul critère de sélection réaliste était le nombre : une dizaine au moins. Cet impératif n'avait guère laissé de choix, et les manuels retenus n'étaient pas des plus récents. Mais quelle partie de rigolade pour Guy et Jean Luc de suivre les discussions entre Kouider et les bouquinistes débattant des prix.

Guy passe le portail de l'Ecole Normale ; une allée d'une cinquantaine de mètres, bien ombragée, mène jusqu'au bâtiment principal. Le concierge, sur le pas de sa porte, le regarde arriver.

- Bonjour, Monsieur, je voudrais voir Madame la directrice.

- Vous avez rendez-vous ?

- Oui, j'ai téléphoné ce matin, c'est au sujet de cours de rattrapage.

- C'est vrai, on m'a averti, suivez-moi.

Guy emboîte le pas au concierge ; ils enfilent un couloir et se trouvent bientôt devant le bureau de Madame la directrice. La porte est ouverte et le concierge annonce :

- C'est le Monsieur qui vient pour les cours de rattrapage.

Et il se retire.

- Ah ! C'est vous l'ami de Maurice. Je remets votre visage et me souviens de votre visite avec lui. Avez-vous de ses nouvelles ?

- Pas très récentes, mais je crois que ça va bien. Il se prépare à reprendre le collier pour se présenter à l'agrégation ; cependant c'est dur, après trente mois de service militaire.

- Oui, il faut du courage suite à une telle interruption, mais je sais qu'il n'en manque pas. Je vous propose de discuter de ce qui vous amène en nous promenant dans le jardin, ce sera plus agréable. Si vous n'y voyez pas d'inconvénients bien sûr.

- Vraiment aucun ! au contraire.

Ils se retrouvent donc dans le jardin… Guy ne voit pas trop comment aborder le sujet ; il sait que l'Algérie est très susceptible sur le problème de l'enseignement et de l'éducation. Les quelques écoles privées qui subsistent ne sont que tolérées, en créer de nouvelles peut être mal interprété. La directrice, se rendant compte de son embarras, amorce le dialogue :

- J'avoue n'avoir pas très bien saisi ce matin, au téléphone, le sens exact de votre démarche. J'ai surtout accepté de vous recevoir en tant qu'ami de Maurice. Mais parlez-moi déjà de vos activités en ce moment, je comprendrai peut-être mieux ce que je peux faire pour vous.

En quelques phrases, Guy retrace la mise en place des cours du patro, avec l'encadrement bénévole des jeunes du quartier. Il dit la soif d'apprendre de ceux qui, du fait de la guerre, ont dépassé l'âge scolaire sans pouvoir suivre une scolarité normale ; leur désir de se présenter au « Certificat pour adultes » créé par le ministère de l'Education Nationale. Il conclut :

- Il y a là, dans l'enseignement, un créneau que le ministère ne semble pas pouvoir prendre encore en charge. En nous appuyant sur notre petite expérience, nous voudrions ouvrir une « Ecole de rattrapage » mieux structurée qui nous permettrait d'atteindre un plus grand nombre de jeunes.

- Le créneau dont vous parlez est une véritable brèche, et je ne pense pas que, pour l'instant, quiconque penserait à s'opposer à votre projet. Mais je ne vois pas ce que je puis faire pour vous. Les ouvertures d'écoles se déclarent directement auprès de l'Académie.

- Ce n'est pas moi qui m'occupe de ces formalités, mais je sais qu'il n'y a pas de problèmes de ce côté-là. Ce qui nous préoccupe, c'est de voir comment, avec des jeunes d'âges différents, de niveaux scolaires différents, qui bien souvent ne correspondent pas à ce qu'ils annoncent, on pourrait arriver à créer des classes à peu près homogènes sans trop de tâtonnements.

- Effectivement, cela peut poser un problème ; d'autant que, je l'imagine, certains sont arrivés à un niveau donné, mais ne pourront pas aller au-delà, étant à la limite de leurs capacités. Il serait intéressant de connaître tout cela au moment de retenir les heureux élus, car il vous faudra sans doute en refuser beaucoup devant l'abondance des candidatures. Au fond, ce qu'il vous faudrait, c'est une sorte de test…

- Nous y avons effectivement pensé, mais ça dépasse largement notre compétence ; et c'est bien sur ce point précis que nous avons besoin de votre aide.

- Votre initiative m'intéresse. Justement, il y a là un jeune coopérant militaire qui met ses vacances à profit pour mener une étude rejoignant un peu votre projet. Il s'agit de voir l'impact des évènements de ces dernières années sur le développement intellectuel des jeunes. Allons le voir, il doit travailler à la bibliothèque.

La bibliothèque se trouve au premier étage du bâtiment neuf qui prolonge par derrière le bâtiment principal. C'est une grande pièce bien éclairée sur deux côtés par de larges baies ; les deux autres murs sont couverts de rayonnages dont certains sont entièrement vides.

- Beaucoup de livres ont disparu pendant les évènements, dit la directrice en suivant le regard de Guy vers les étagères. Il nous faudra du temps pour reconstituer un outil de travail valable... Ah ! voici le collègue dont je vous parlais.

C'est un jeune homme de vingt-cinq ans environ ; sa tête émerge d'un tas de paperasses et de bouquins au bout d'une des grandes tables qui occupent le milieu de la pièce.

- Bonjour, je vous présente un ami qui pourrait bien avoir besoin de vos services.

En quelques mots, elle résume la discussion qu'elle vient d'avoir avec Guy.

- Ça pourrait être une expérience intéressante, déclare le coopérant ; ce petit travail me permettrait de mettre en application quelques-unes de mes idées sur la question.

- Bien, dans ce cas je vous laisse ensemble. Bonne chance.

Lorsque Guy rejoint le patro vers les cinq heures, l'activité bat son plein, tant dans les salles de jeux que dans la cour ; l'écho en retentit jusqu'aux confins du quartier. Ouvrant la porte, il marque un temps d'arrêt avant de se plonger dans ce maelström cacophonique. Puis il descend les marches jusqu'à la loggia du premier étage où se tiennent les joueurs de cartes, de dominos et de dames.

Le père est assis à une table, disputant une partie de dames acharnée avec Djamel, le maître incontesté en la matière. Le jeu de dames algérien a des règles spéciales ; il se joue sur un échiquier de soixante-quatre cases, et on ne peut pas prendre en arrière. Guy s'approche de la table ; comme souvent, Djamel a la partie bien en main. Le père, qui a tout de même réussi à faire une dame, s'emploie avec l'énergie du désespoir à reculer la défaite. Mais, d'un pion avancé insidieusement, Djamel déséquilibre la défense adverse qui se trouve percée de part en part en deux temps et trois mouvements.

- Et dire que tu es nul en math ! s'exclame le père, je n'arrive pas à comprendre que tu aies tant de réussite aux dames… Tiens, tu es là Guy, ajoute-t-il s'apercevant seulement de sa présence.

- Oui, je suis là depuis un moment, mais je ne me suis pas manifesté de peur de précipiter votre défaite en détournant votre attention.

- Ne te fous pas du père, intervient Djamel, ça va être ton tour et on verra si tu fais seulement aussi bien.

- Bon, mais pas tout de suite, j'ai d'abord à parler au père.

- C'est vrai que tu reviens de l'Ecole Normale, dit ce dernier en cédant sa place à un nouveau joueur, comment cela s'est-il passé ?

- Au poil ! Un jeune coopérant va mettre au point des tests ; je dois retourner d'ici une dizaine de jours pour discuter de la première ébauche. Et pour les aménagements de « l'école », les travaux sont pour quand ?

- J'ai trouvé une entreprise qui va attaquer lundi. Il n'y a pas grand-chose à faire, ça devrait être prêt pour la fin du mois. Nous irons voir d'ici deux ou trois jours, avec Jean Luc, la disposition définitive à donner aux lieux.

- A toi Guy ! claironne Djamel, le copain n'a pas fait long feu !

- J'arrive !

Guy vient s'asseoir face à Djamel qui attend derrière ses trois rangées de pions et place les siens à son tour.

- A toi, dit Djamel.

Guy se concentre un moment ; on oublie tout devant ce mauvais bout de carton quadrillé au crayon bille sur lequel sont sagement alignées des capsules de bière et de coca cola en guise de pions. Puis d'un geste lent, il lance sa première attaque. La partie commencée, plus rien désormais ne doit troubler les joueurs.

La salle de jeux, par contre, est en ébullition, tous les fans de foot sont là, groupés autour du plus valide des deux baby-foot pour un spectacle de choix. Un match entre les deux meilleures équipes du quartier : Kadda et Okba contre Nacer et Rezgui. Le combat fait rage depuis une demi-heure déjà. Les supporters des deux camps hurlent leurs encouragements, se poussant les uns les autres pour mieux voir le « terrain », au risque de gêner les joueurs. Ceux-ci, arc-boutés sur les poignées, dégagent d'une ruade, sans même se retourner, ceux qui les serrent de trop près. Le baby-foot geint sous les assauts violents des joueurs, les barres grincent, surtout celle des arrières rouges qui est faussée depuis longtemps. La partie se joue en dix points, huit ont déjà été marqués, quatre pour chaque équipe. Soudain, toute la salle retient son souffle, Okba, qui joue à l'avant, contrôle la balle avec sa ligne d'attaque. Il la fait circuler latéralement à petits coups nerveux de ses footballeurs de bois. Nacer, qui tient la défense adverse, suit le mouvement avec ses deux arrières et son goal, de façon à fermer l'angle de tir. Il faut surtout rester calme et ne pas se laisser abuser par les feintes de l'adversaire afin de ne pas ouvrir sa garde. Tout à coup, Okba fait une passe sèche à son ailier droit dont le tir meurtrier va faire mouche. Hélas ! La passe qui paraissait parfaitement ajustée est trop en retrait de quelques millimètres et la balle se trouve coincée sous le joueur, bloqué en position verticale sous la violence du choc.

- Nahdin a mouk[20]... ! C'était un but tout fait, gueule Okba en donnant un coup de poing pour débloquer le jeu.

- C'est à voir, proteste Nacer, j'étais en bonne position pour contrer.

Sous les coups d'Okba, le jeu s'est enfin débloqué. Mais la vis qui fixe le joueur s'est cassée.

- Mince, il va y avoir un arrêt de jeu pour soigner le blessé, ironise Kadda.

- Attends, ce sera vite fait, crie Jean Luc qui fonce chercher les outils.

L'atmosphère s'est détendue, d'un seul coup la tension est tombée. Les quatre protagonistes s'approchent de la fenêtre à laquelle se sont accoudés Kadda et Guy dont la partie de dames, face à Djamel, a été vite expédiée.

---

[20] Maudite soit la religion de ta mère

- Dommage qu'on ait dû s'interrompre, c'était une sacrée partie, je sens qu'on revenait fort sur la fin, déclare Kadda.

- N'oublie pas que c'est nous qui avons marqué le dernier but, fait remarquer Rezgui.

- C'est sûr que c'est un bon spectacle, il y en a autant dans la salle que sur le baby-foot. Avec vos hurlements, tout le quartier peut suivre le match en direct, lance Guy qui regarde par la fenêtre.

Il y a deux fenêtres dans la salle, une qui donne sur la cour du patro et l'autre qui donne sur la cour des voisins, la famille Hassen. Justement, mama Hassen passe la tête par la porte du rez-de-chaussée :

- Ça y est, c'est fini la partie ?

- Hé non, répond Kouider, c'est arrêté parce que le babyfoot est cassé, on recommence dès qu'il est réparé… Si vous trouvez qu'il y a trop de bruit, on peut fermer la fenêtre.

- Inutile, que la fenêtre soit fermée ou ouverte, le bruit est pratiquement le même. De toute façon, je sors faire mes courses ; j'ai beaucoup d'achats à faire en vue de la fête.

En effet, elle sort en s'enveloppant dans son voile, le tenant coincé dans sa bouche afin de pouvoir saisir ses deux couffins.

- De quelle fête parle-t-elle ? demande Guy à Kouider.

- Mais du mariage de son fils Ahmed ; tu le connais, il travaille au port.

- Bien sûr que je le connais, je lui ai encore parlé la semaine dernière ; mais il ne m'a pas dit qu'il se mariait !

- Ça s'est décidé il y a juste quelques jours. Il se marie avec une cousine de Ghazaouet, le pays de son père. Le mariage est prévu pour la fin du mois.

- Ben dis donc, les affaires vont vite chez vous. Et la cousine, il la connaît au moins ?

- Je n'en sais rien, mais ce n'est pas sûr ; chez nous ce sont les parents qui décident. C'est souvent au bain que les mères choisissent une épouse pour leur fils ; à moins que, comme c'est le cas pour Ahmed, ils trouvent une cousine.

- Que ma mère ait une idée sur la question, je l'admettrais encore ; mais je la verrais mal choisir ma femme.

- Tu ne peux pas comprendre, chez nous les femmes restent toute la journée ensemble à la maison ; l'homme, lui, est dehors. Comme c'est finalement la mère qui reste le plus longtemps avec sa belle-fille, il est normal que ce soit elle qui la choisisse.

- Bon, admettons ; mais que pensent les filles de devoir vivre tout le temps avec leur belle-mère ?

- Eh ! tu parles comme un roumi que tu es. De toute façon, si ça ne va pas, on peut toujours divorcer.

Il se fait un grand remue-ménage devant la porte de la salle de jeux : c'est Jean Luc qui arrive avec la trousse à outils.

- Laissez passer le service de dépannage d'urgence ! hurle-t-il.

Il se penche sur le jeu, ôte la tête de la vis défectueuse d'un coup de tournevis et fait glisser le joueur sur la barre pour dégager l'autre morceau de la vis. En opérant, il s'adresse à Okba :

- Ne frappe pas si fort quand tu joues, tu sais que les brutalités sont interdites sur les terrains de foot.

- Si tu crois qu'on peut passer Nacer en caressant la balle ! Essaye un peu et tu verras.

- D'accord, mais depuis que les baby-foot ont été interdits par la loi dans les lieux publics, il ne reste que les deux d'ici pour tout le quartier. Quand ils seront foutus, il faudra trouver autre chose pour s'amuser.

- Pour l'avenir, on verra. Ce qui compte pour l'instant, c'est que je gagne cette partie. S'il faut employer les grands moyens, je les emploierai, et tant pis pour la casse.

Quand Jean Luc a fini son intervention, Nacer clame :

- Les entraîneurs et les soigneurs sont priés de quitter le terrain.

Puis il plonge sur ses barres.

La balle est remise en jeu dans la ligne d'avant d'Okba. Mais le charme a été rompu et la partie se termine logiquement sur un match nul. Aussitôt deux autres équipes se ruent sur le baby-foot, mais elles n'ont pas la réputation de celles qui les ont précédées, et le public se répand en braillant dans la cour. Guy et Kouider rejoignent le père qui est accoudé à la balustrade du premier :

- Quel vacarme ! s'exclame ce dernier ; heureusement que je n'étais pas là en début d'après-midi.

- Il faut dire, réplique Kouider, que nous avons eu droit à un match de baby-foot de toute beauté, digne de la télévision. Et comme toujours dans ces cas-là, le public s'est montré à la hauteur, on se serait cru à un match M.C.O.-C.R.B[21].

- Plus sérieusement : vous étiez bien à l'Académie en début d'après-midi ; j'ai oublié tout à l'heure de vous demander comment cela s'était passé ? s'excuse Guy.

- Assez bien, en fait on nous demande simplement de ne pas prendre d'enfants en âge scolaire ; donc minimum quatorze ans. Et il nous

_____

[21] Equipes de foot d'Oran et d'Alger

faudra aussi un directeur qui ait au moins le BAC. Comme ce n'est pas ton cas, Guy, et que les diplômes suisses de Jean Luc ne sont pas reconnus, l'un des deux coopérants que je fais venir servira de couverture vis-à-vis de l'administration.

- C'est aussi bien comme ça, assure Jean Luc, même si la fonction se résume à un nom sur un papier, j'aime autant la laisser à un autre.

- En fait, Guy et toi serez les responsables réels pour commencer. Vous connaissez le quartier et, d'après votre expérience, le type d'enseignement qu'il est possible de faire. Dis donc, Guy, tu m'as bien dit tout à l'heure que les tests seraient près dans dix jours ?

- En principe oui ; il ne nous restera pas beaucoup de temps pour taper les stencils et faire les tirages.

- J'ai pris contact avec la CARITAS, ils peuvent mettre à notre disposition le matériel qu'il faut ; c'est justement des initiatives de ce style qu'ils essayent de promouvoir ou de soutenir.

- Il va falloir un sacré paquet de tests ! Au moins deux ou trois cents, suppute Kouider. Dans le quartier et jusqu'à Sidi Lahouari et les Planteurs, on ne peut bientôt plus croiser un jeune sans qu'il demande quand commencent les cours ! Bien sûr, tous ceux qui en parlent ne

81

viendront pas, il n'empêche que cela va faire du peuple !

- Tu as raison Kouider, on ne pourra pourtant retenir que quatre-vingts candidats... L'âge imposé par l'Académie fera déjà un sérieux barrage.

- Je crois aussi qu'il faudra prendre un maximum de jeunes du quartier. On les connait bien, et aussi leur famille. Ça permettra de donner une ambiance sympathique à l'école.

- D'accord avec toi Kouider, approuve le père ; reste à fixer la date pour faire passer les tests. Qu'en penses-tu Guy ?

- A mon avis, il faut la fixer en fonction de la rentrée scolaire, la nôtre bien sûr ; une fois les tests passés, les gars voudront rentrer tout de suite à l'école. Compte tenu du temps nécessaire au dépouillement des épreuves, il faudrait que l'école puisse ouvrir dans les huit jours qui suivront.

- Tu dois avoir raison ; je vois aussi deux autres impératifs : d'abord les coopérants recrutés ne seront là que le premier octobre, ensuite il vaut mieux attendre que la rentrée scolaire des établissements publics soit faite. Ça évitera que les gamins en âge scolaire viennent tenter inutilement leur chance. Je suggère donc de faire les tests le dernier lundi de septembre et de programmer la rentrée pour le premier lundi d'octobre.

- Aïwa[22] ! s'exclame Jean Luc, ça ne nous laisse que quinze jours avant les tests et trois semaines avant la rentrée scolaire ; nous avons du pain sur la planche.

- Oui, mais pour se libérer un peu, on va arrêter les activités d'été du patro dès la semaine prochaine. On ne gardera plus que la séance de cinéma du jeudi après-midi.

- C'est une page qui se tourne, pense tout haut Kouider. Je serai là pour faire passer les tests, mais le jour de la rentrée j'aurai déjà commencé mon travail chez Bastos…

---

[22] Oh là là !

FIN SEPTEMBRE 1963

Aujourd'hui, c'est la plongée dans l'inconnu. Ceux qui ont demandé à s'inscrire aux cours ont été convoqués pour passer les tests. Il n'y a pas eu de publicité autour de l'ouverture de l'école ; néanmoins la rue est grouillante de monde devant « l'ancienne cure » où elle est installée. Dans cette foule, une énorme majorité de jeunes, mais aussi des parents qui ont accompagné leur rejeton pour bien s'assurer qu'ils allaient effectivement s'inscrire. La soif d'apprendre n'est pas toujours aussi spontanée qu'on aimerait le faire croire.

En se serrant, on pourra accueillir une centaine de candidats. Il faudra faire au moins deux tournées pour recevoir tout le monde. Jean Luc et Guy ont inspecté les classes : tout est bien prêt. Il est huit heures moins cinq, Kouider et Guy s'approchent de la grille de la cour encore fermée ; trois ou quatre costauds sont là qui assureront le service d'ordre.

Guy ouvre la porte qui heureusement n'est pas très large. Aussitôt la foule se presse avec un grondement de satisfaction. Kouider demande le silence, tandis que les préposés au « service d'ordre » bloquent le passage et que Guy prend la parole :

- Ne vous bousculez pas, restez calmes. L'examen dure une heure, il y aura autant de séances qu'il faudra pour que tout le monde puisse passer.

Kouider traduit en arabe.

Alors, sans trop de pagaille, les candidats entrent dans la cour sous le contrôle de Kouider qui les compte à mesure. Dès qu'un groupe de vingt-cinq est formé, il est pris en charge par un jeune qui le conduit dans une classe. Okba emmène le premier, tandis que Kadda fait ranger le second ; Rezgui et Diamel attendent pour prendre en charge les deux derniers. Guy est monté avec le premier groupe ; quand chacun est assis à une table, il explique le déroulement des opérations :

- Je vais donner à chacun ce petit cahier et un crayon. Sur la première page on vous demande d'inscrire des renseignements précis vous concernant : nom, âge, adresse, dernière classe fréquentée, en quelle année, etc. Ceux qui peuvent le faire seuls commencent tout de suite, nous aiderons les autres. Dans les pages suivantes vous trouverez des exercices de plus en plus difficiles ; il faut impérativement commencer par le début et ne sauter aucun exercice. Vous avez une heure devant vous, après on ramasse les copies. Ceux qui auraient fini avant pourront venir déposer la leur sur le bureau et sortir.

Okba répète la même chose en arabe et s'assure que tout le monde a bien compris. Pendant ce temps Guy a distribué les cahiers et est passé dans l'autre classe où Kadda finit de faire asseoir son groupe. Le même scénario se reproduit. Quand les quatre classes se sont mises au travail, Guy rejoint Kouider dans la cour. La porte donnant sur la rue a été fermée. La plupart des jeunes qui y attendent se sont assis le long du trottoir ou se tiennent adossés au mur en discutant paisiblement. Quelques-uns improvisent une partie de foot avec une vieille balle de tennis.

Sur ces entrefaites, le père arrive ; Kouider lui ouvre la porte.

- Bonjour Kouider, je n'ai pas pu être là plus tôt, mais je vois que tout à l'air de bien se passer.

- Oui, les derniers viennent d'entrer il y a tout juste cinq minutes.

Le père se dirige vers le bureau d'accueil aménagé dans un ancien débarras sur le côté droit de la cour. La porte est ouverte car Jean Luc est en train d'y ranger les fournitures scolaires un peu hétéroclites car glanées à droite et à gauche.

- Il y a tout ce qu'il faut ? interroge le père.

- Pour les livres, il n'y aura pas de problèmes ; je ne sais pas si on a les meilleurs, mais chacun aura de quoi travailler correctement. Pour ce qui est des cahiers, crayons ou stylos à bille, on n'ira pas loin. Quand on aura donné deux cahiers à chaque élève en début d'année, le stock sera épuisé. En crayons et stylos billes, même si on a davantage de réserves, à l'allure où ça défile habituellement, je ne crois pas que l'on tiendra bien longtemps.

- Je le craignais un peu, on n'a pas eu le temps de regarder de bien près toutes ces questions, il va falloir s'y mettre dès la semaine prochaine pour être au clair au moment de la rentrée.

Laissant là ses affaires il monte dans les classes pour voir comment ça se passe.

A peine a-t-il traversé la cour et pénétré dans le bâtiment qu'un brouhaha énorme monte de la rue. Ce sont les joueurs de foot qui palabrent sur un but litigieux, tandis qu'un groupe de spectateurs bousculés proteste avec véhémence. Kouider s'approche aussitôt de la grille et intervient :

- Ascot ya khouia ! Irham waldik[23]! Les autres travaillent dans les classes et ont besoin de silence; alors, si vous ne pouvez pas jouer sans braire comme des bourricots, allez plus loin.

Un murmure de protestation monte d'abord de la rue, puis une voix propose :

- Et si on descendait sur la place ?

- Oui, mais qu'on vienne nous prévenir quand il faudra passer l'examen.

- D'accord, acquiesce Kouider, l'un de nous descendra vous avertir.

---

[23] Les frères, écoutez-moi s'il vous plaît.

Aussitôt, c'est une ruée vers l'escalier qui, au bout de la rue, plonge vers la place. Le calme revient autour de l'école.

Le père sort à ce moment du bâtiment :

- Heureusement que tu es intervenu Kouider, ça commençait à remuer là-haut.

Mais l'accalmie est de courte durée ; bientôt le silence est troublé par les grincements de roues d'une petite charrette qui apparaît au coin de la rue, poussée par un jeune garçon.

- Hamdoullah ! s'exclament les plus proches, voilà de la kalentica !

Un groupe se forme tout de suite autour du gamin et de son étalage ambulant. On dirait une petite desserte formée d'une caisse surmontée d'un plateau en bois. Dans la caisse il y a un couteau et du papier journal coupé en bandes, sur le plateau, une espèce de tarte épaisse coupée en parts rectangulaires : c'est la kalentica. Pour vingt centimes, vous avez droit à une portion qu'on vous emballe dans du papier pour protéger les doigts. La kalentica, pâtisserie à base de farine de pois chiches et d'huile d'olive, est à l'oranais ce qu'est la frite au belge.

- Hep Hamed ! interpelle Kouider, approche un peu.

Le petit vendeur approche son chariot vers la grille de la cour.

- Tu le connais demande Guy.

- Non, pourquoi ?

- Alors comment sais-tu qu'il s'appelle Ahmed ?

- Mais il ne s'appelle pas Ahmed, explique Kouider en rigolant ; c'est simplement une façon pour nous d'interpeller ceux que nous ne connaissons pas. Tu en prends un morceau ?

- Non, merci, j'ai essayé une fois ; je ne suis pourtant pas délicat, mais ça ne passe pas.

- Il faudra pourtant que tu t'y mettes ; tu ne seras vraiment intégré ici que lorsque tu apprécieras la kalentica !

- Hep Kouider !

L'interpellé lève la tête en direction du bâtiment d'où est parti l'appel. C'est Okba qui, penché à la fenêtre de sa classe, continue :

- Fais-moi passer un morceau de kalentica.

- Non mon vieux, tu ne peux pas manger en surveillant ta classe ; ça ne ferait pas sérieux.

- Peut-être, mais j'ai faim, je n'ai même pas eu le temps de prendre mon caoua ce matin.

- Attend, propose Guy, je vais aller te remplacer un moment.

Il se dirige vers le bâtiment. Le père, qui a rejoint Jean Luc au bureau, lui lance au passage :

- Viens nous rejoindre pour les corrections quand tu auras fini !

- O.K., répond-il en s'engageant dans l'escalier.

Okba attend Guy sur le seuil de sa classe et file dès qu'il l'aperçoit au tournant de l'escalier.

- J'avais compris que tu avais faim, mais je ne pensais pas que c'était à ce point, lui lance Guy en rigolant.

- Choukran[24], ya khouia, tu es un frère, répond Okba en lui balançant au passage une bourrade dans les côtes.

Ce bref échange n'a pas troublé l'atmosphère laborieuse de la classe ; seules deux ou trois têtes se retournent à l'arrivée de Guy. Un léger murmure s'élève dans le coin près de la fenêtre.

- Taisez-vous intervient Guy, vous n'avez pas à discuter avec votre voisin.

Guy remonte lentement le long des tables, jetant au passage un coup d'œil aux copies. Certains candidats vont bientôt terminer ; pour d'autres, c'est plus laborieux. Mais l'effort de concentration est le même pour tous.

A nouveau du remue-ménage dans la classe : c'est simplement un jeune qui, ayant fini, s'approche du bureau, sa copie en main, soulevant quelques commentaires de la part de ses voisins. Mais le silence revient très vite. Guy prend la copie et vérifie d'un bref coup d'œil que les renseignements de la première page sont

---

[24] Merci

90

complets. Déjà on entend le bruit de ses pas qui décroît dans l'escalier. Une question fuse soudain :

- Shal saa[25] ?

Guy, dont le peu de connaissance en arabe lui permet tout de même de comprendre quelques expressions élémentaires, regarde sa montre :

- Il vous reste ashra minutes.

Exclamations étouffées de ceux qui n'ont pas vu le temps passer. On entend de plus en plus fréquemment dans l'escalier les pas de ceux qui ont fini.

Guy va à la fenêtre ; son regard s'attarde sur la façade de style espagnol de la cathédrale Saint Louis, en face de lui, de l'autre côté de la rue Derrière celle-ci s'étend l'hôpital Baudens, ancien hôpital militaire français. L'hôpital est toujours militaire, seuls les uniformes ont changé.

Venant de la petite place, montent les cris des joueurs de foot dont la partie se poursuit acharnée.

- Eh Kouider ! Il va falloir avertir les joueurs que c'est bientôt l'heure.

- Okba y est allé, ça le démangeait trop de taper dans le ballon.

En effet, les plus studieux parmi les joueurs commencent à remonter. Guy consulte sa montre : c'est l'heure.

---

[25] C'est quelle heure ?

91

S'adressant à la classe :

- C'est fini, vous pouvez sortir ; laissez vos copies sur votre bureau.

Tout le monde se précipite vers l'escalier dans un joyeux brouhaha que Kouider, depuis la cour, essaye de tempérer de la voix et du geste pour les plus bruyants. Deux ou trois retardataires sont restés à leur place et s'escriment fébrilement à compléter leur travail, Guy s'approche d'eux :

- Cette fois, c'est fini.

- Mais nous, on n'a pas fini M'sieur ! protestent-ils pour la forme, car ils ont bien compris que l'heure c'est l'heure…

La classe de Kadda commence aussi à se vider ; les deux autres vont en faire autant. Dans la cour c'est la pagaille, ceux qui veulent entrer forment un bouchon devant la grille que n'arrivent pas à franchir ceux qui sortent. Il faut que Kouider donne de la voix et le « service d'ordre » de l'épaule pour frayer un passage à ces derniers, jusqu'au moment où, comprenant enfin qu'il faut que l'école se vide avant de se remplir, le blocus extérieur se desserre de lui-même.

Guy entre dans le bureau et dépose ses copies sur la table que Jean Luc a débarrassée.

- Parmi les copies, y en a-t-il d'élèves qui ont suivi les cours de rattrapage cet été ? interroge le père.

- Oui, trois ou quatre ; elles sont sur le dessus de la pile. Je reviens dès que la deuxième tournée de candidats sera en place.

La décision de faire concourir dans la première sélection une dizaine d'élèves ayant suivi les cours d'été a été prise pour pouvoir en quelque sorte « tester les tests » qui sont utilisés pour la première fois. Jean Luc a bientôt noté la première copie :

- En math, il est à son niveau, mais en français, il est un peu plus faible que je ne pensais ; c'est peut-être un accident.

- Continuons la correction, répond le père, on pourra avoir une idée plus globale de la fiabilité des tests.

- Tiens, la deuxième série commence à sortir, s'exclame Jean Luc qui vient de finir ses corrections, il était temps qu'on en termine. Je prépare un tableau pour mieux comparer les résultats des dix gars des cours de vacances.

- Tu as raison, approuve le père, prépare-nous ça pendant que nous continuons de corriger les autres copies.

Jean Luc a rapidement dressé son tableau.

- Tu vois Guy, on peut dire que tous ceux du cours moyen sont sous-évalués en Français ; pour le reste ça va. Il faudra simplement descendre la barre de cinq points en français pour l'entrée en cours moyen.

- Ton raisonnement se tient admet le père ;
et maintenant je vous laisse à vos corrections car
je dois partir.

- Heureusement qu'il n'y a pas de
troisième tournée, répond Guy. Je propose qu'en
attendant que le calme revienne dehors, on aille
prendre un thé !

OCTOBRE 1963

Un vent léger fait frémir les feuillages des caroubiers de la place que les chauds rayons du soleil enveloppent d'une lumière dorée. Tout est calme. Seule la voix d'une institutrice du groupe scolaire trouble le silence.

- Ce que le quartier peut être tranquille et agréable quand les gamins sont à l'école, soupire Okba assis sur la murette, les jambes pendant dans le vide côté rue.

- Effectivement, mais nous n'allons pas en profiter longtemps ; lundi prochain nous commençons aussi les cours, répond Kadda.

- Et pour moi, lundi c'est le travail, poursuit Kouider ; une page se tourne. Fini les jeudis avec les copains ! Huit heures de travail par jour et juste le samedi après-midi et le dimanche de libre. Je sens que ça va être dur au démarrage.

- Eh ! Pas de défaitisme le chahute Guy ! Tu n'es pas le premier à qui ça arrive. Tu te feras de nouveaux copains et le fait d'avoir une paye te donnera d'autres libertés que tu n'as pas maintenant.

- Oui, bien sûr mais je n'aime pas le changement ; je préférerais être un mois plus tard.

- Nous aussi reprend Jean Luc ; pour le moment, de penser à l'avenir proche, aux cours qui vont commencer, ça nous tracasse. Dans huit jours, une fois dans le bain, il ne sera plus question de gamberger… Et nous aurons deux nouveaux collègues de travail qui arrivent tout à l'heure.

- Ils atterrissent exactement à quelle heure, demande Okba.

- L'avion est annoncé à dix heures, mais avec les retards presque habituels et les formalités douanières, ils ne seront pas là avant onze heures trente, lui répond Guy. J'ai dit au père que nous serions sur la place, ils passent par là.

- On aurait pu aller les accueillir à l'aéroport, ç'aurait été plus sympa.

- Oui Kadda, tu as bon cœur, mais le père n'a qu'une 4L. Si nous étions montés avec lui, les uns ou les autres, comment aurait-il pu ramener deux passagers supplémentaires et sans doute pas mal de bagages ?

- Bien sûr, mais on aurait pu prendre le car.

- A ça non ! le coupe Okba. D'abord on ne sait jamais quand ils partent et encore moins quand ils reviennent. A tous les coups on ne rentrait pas avant la fin de l'après-midi.

- Ya khouia, il ne faut pas être aussi pessimiste… De toute façon, il est trop tard pour y penser. Si on faisait plutôt une partie de dames, propose Kouider.

- Bonne idée, approuve Kadda ! Baba Zébiri, lance-t-il en s'approchant de l'échoppe du vieux cordonnier, tu veux bien nous prêter ton jeu de dames ?

Tout le monde sait dans le quartier que la « dama » c'est le péché mignon du père d'Okba, et qu'il a en permanence, sous son établi, un jeu qu'il a confectionné lui-même. Dès que le travail le laisse un peu libre, et c'est plus souvent qu'il ne le souhaiterait, il sort son jeu et cherche un partenaire... aussi c'est sans problème qu'il répond :

- D'accord les jeunes, mais je joue avec le gagnant.

Déjà Kadda s'est saisi du jeu et s'installe à califourchon sur la murette face à Kouider ; en un tour de main les pions sont rangés sur le damier. Les pions de Baba Baba Zébiri ne sont pas des capsules de bouteilles comme souvent, ils ont été découpés dans des chutes de cuir fauve et de caoutchouc noir. Ça donne un aspect plus chic, mais adieu les claquements de pion victorieux qui animent souvent les parties de dames : « Ainsi je peux mieux me concentrer » a décidé le vieux cordonnier.

Kouider, qui a eu l'honneur d'ouvrir le feu, a opté pour une attaque kamikaze par le centre, sachant que Kadda est un joueur posé et méthodique qui n'aime pas être brusqué dans ses manœuvres. En effet, le centre de sa défense commence à se creuser dangereusement sous les assauts de Kouider qui, s'il ne gagne pas plus de pions que son adversaire, occupe du moins rationnellement le terrain en s'avançant en coin.

- Ya khouia ! sourit Kadda, je te vois venir, mais tu ne m'auras pas comme ça !

Un coup de klaxon tonitruant rompt le charme.

- Qui est le con… commence Kouider, s'arrêtant aussitôt en voyant la 4L du père se ranger près du trottoir.

Balançant la jambe par-dessus la murette, il se laisse tomber sur le trottoir en contrebas pour se trouver juste à hauteur de la voiture. Kadda, plus calme, prend le temps de ramasser deux ou trois pions que Kouider a fait tomber dans sa précipitation et va rendre le jeu à Baba Zébiri :

- Merci, on n'a pas fini la partie, il n'y a pas de vainqueur.

- Et du coup personne n'a le temps de faire une partie avec moi !

- Que veux-tu, Baba Zébiri, l'avion devait être à l'heure pour une fois.

- Je vois, je vois ; pour votre peine, vous me devrez une partie chacun ; pensez-y ! Vous savez que ces choses-là je ne les oublie pas.

- D'accord ! lance Kadda en dévalant l'escalier.

Quand il arrive sur le trottoir, les deux nouveaux finissent de s'extirper de la voiture.

- Voilà Joël et Pascal, annonce le père.

Joël est petit, les cheveux blonds coupés en brosse et l'œil vif. Pascal, les cheveux nettement plus foncés est de taille moyenne, mais bien trapu avec un sourire épanoui.

- Moi c'est Kouider ! se présente ce dernier en leur tendant la main.

Chacun son tour, Kadda, Okba, Jean Luc et Guy font de même.

- Bien, enchaîne le père, les présentations sont faites. Voici donc le quartier sur lequel vous allez travailler, et le noyau de la petite équipe qui a débroussaillé avant vous. Je vous monte au patro, propose le père à Joël et Pascal, les autres nous rejoindront à pied, ce n'est pas loin.

- Non, non ! intervient Guy, nous montons tous à pied.

- D'accord, acquiescent Joël et Pascal.

- Bon, dans ce cas je vous laisse, je déposerai les bagages dans le couloir.

- Mais nous les déchargerons en arrivant, suggère Pascal.

- Ah non ! insiste le père : la voiture reste dans la rue, il ne faut tout de même pas tenter le diable en laissant vos bagages dans le coffre. Ne vous inquiétez pas, ils ne sont pas si lourds.

Tandis que la voiture redémarre, le groupe s'engage dans l'escalier en haut duquel se tient Baba Zébiri, trop heureux de faire la connaissance de nouveaux « Français de

France »… C'est qu'il a fait la guerre en France, lui.

- Voici mon père, le présente Okba.

- Salam alaykoum[26] ! Soyez les bienvenus parmi nous ; comment va la France ?

- Bonjour Monsieur ; la France allait bien quand on l'a quittée, répond Joël, mis en confiance par l'air bonhomme du chibani.

- Les français de France sont toujours des amis, continue Baba Zébiri ; c'est pas comme les pieds-noirs qui sont tous de la racaille.

Un peu désarçonnés par cette sortie abrupte, les deux nouveaux ne savent pas quelle contenance prendre. S'apercevant que son jugement n'est pas très bien interprété, le vieux conclut :

- Allez, allez, ne faites pas trop attention aux bêtises d'un vieux chibani comme moi… Je retourne à mon travail.

A ce moment, surgie du groupe scolaire dont les portes viennent de s'ouvrir, une envolée de gamins envahit la place en braillant, se libérant de la tension emmagasinée pendant trois longues heures de classe.

- Quel vacarme soupire Kadda. Il ne nous reste qu'à rejoindre le patro au plus vite pour retrouver un peu de calme.

---

[26] Paix à vous

Il n'est pas facile d'avancer. Les enfants ont vite repéré les têtes nouvelles et viennent s'agglutiner autour du groupe, interrogeant ou faisant des remarques à haute voix avec un sans gêne désarmant.

- Shkoun hada[27] ?
- França ! França ! França !
- Hadi[28], il n'est pas plus grand que nous !
- Attini garo[29] ! lance un petit bonhomme de huit ans à peine.

Kouider et Okba dégagent la voie à coup de taloches qui ne calment que très modérément les élans de la marmaille.

- Allez ! Dégagez ! Bande de mal élevés, laissez-nous passer… Toi, Youssef, je vais voir ton père si tu ne te tiens pas tranquille, lance Kouider à un gamin qu'il a réussi à attraper par le bras.

L'autre gigote tant et si bien qu'il arrive à desserrer l'étreinte et à s'enfuir, non sans que Kadda lui ait balancé une claque au passage. En trois enjambées, il s'est noyé dans la masse de ses camarades, tel un lézard dans le sable de la dune.

Néanmoins, l'attrait de la nouveauté faiblissant, l'essaim finit par s'éloigner, et les amis peuvent poursuivre leur chemin dans le

---

[27] Qui sont ceux là ?
[28] Celui-ci
[29] Donne-moi une cigarette.

101

calme. Seul un petit groupe les suit se tenant à distance respectueuse.

Voilà votre nouveau domaine, déclare Jean Luc en ouvrant la porte du patro. Quand ce lieu n'est pas envahi par la meute des gamins, on y est tranquille. Mais le jeudi après-midi, c'est, pendant quatre heures, l'ambiance que vous avez eue sur la place.

- Au moins, on voit tout de suite ce qui nous attend ; et si c'est un peu brutal comme prise de contact, ça ne manque pas de vie déclare Joël.

- Vous montez ? propose le père qui se trouve à la galerie du premier étage. Je vais vous montrer vos chambres, puis on prendra l'apéritif.

Pendant ce temps, les quatre autres vont à la salle à manger et s'accoudent aux fenêtres ouvertes sur le port dont on aperçoit les grues et les jetées par-dessus les terrasses du groupe scolaire et des maisons qui entourent la place. Sur la gauche, Santa Cruz se dresse d'un seul élan, couronné de son fort espagnol et flanqué de la basilique d'où la vierge veille sur la ville.

Joël, Pascal et le père redescendent ; les deux premiers vont prendre place à une fenêtre entre Kadda et Okba.

- Le coup d'œil est magnifique, apprécie Pascal. Il est agréable de savoir que l'on va vivre deux ans dans un tel cadre.

- C'est vrai répond Jean Luc, on n'arrive pas à en être blasé.

- Que prenez-vous, interroge Guy ? Anisette, Pastis, Martini ? De toute façon, Joël et Pascal vont d'office prendre de l'anisette ; il faut tout de suite goûter à la spécialité du pays.

- Va pour une anisette, approuve Pascal, puisqu'il est dit que c'est une journée de découverte, ça n'en fera qu'une de plus.

- Tu ne le regretteras pas, c'est une expérience agréable, renchérit le père.

Guy remplit les verres, puis arrivant à Kouider :

- Tu prends aussi un apéritif ?

- Habituellement je n'en prends pas, mais aujourd'hui, il faut trinquer avec les nouveaux arrivants. Alors, sers-moi un Ricard !

Quant à Okba et Kadda, ils préfèrent en rester à la gazouze habituelle. Pendant que Guy finit la tournée, Jean Luc fait passer la « kémia » faite d'olives et de légumes crus coupés en morceaux, macérés dans une sauce au vinaigre.

- Encore une nouveauté ? interroge Pascal en prenant, avec une pointe de curiosité, un morceau de choux fleur.

- A la santé des arrivants, dit le père en levant son verre.

Tout le monde est en train de trinquer quand arrive Monsieur le Curé :

- Que de monde !

- Je vous présente les deux nouveaux, Joël et Pascal, lui dit le père.

- Bienvenue à vous ; ça fait plaisir de voir arriver de jeunes français par ici ; on en a tellement vu partir ces dernières années.

Puis Monsieur le Curé serre les mains et va se mettre dans le coin opposé à celui où se trouvent les jeunes algériens.

- Qu'est-ce que je vous propose, demande Guy qui s'approche avec les bouteilles d'apéritif ?

- Une anisette bien sûr !

- Et vous prenez de la kémia ?

- Non, merci, pas pour le moment.

La conversation devient générale tandis que les verres se vident et que la kémia disparaît rapidement, fort appréciée des nouveaux.

- Bon, je me sauve, déclare Kouider en posant son verre ; à cette après-midi.

Okba et Kadda lui emboitent le pas.

- Ces jeunes Algériens sont fort sympathiques, mais que leur odeur est forte, laisse tomber Monsieur le Curé une fois la porte fermée. Je crois que je ne m'y habituerai jamais.

Il sort du côté de la cuisine sans que personne n'ait relevé sa remarque. Il revient au moment où Guy propose une seconde tournée d'apéritif. Monsieur le Curé s'exclame :

- Quel dommage, il n'y a plus de kémia !

- Mais, Monsieur le Curé, vous n'en avez pas voulu tout à l'heure ; alors on a tout fini !

- Voyez-vous, je ne prends jamais de nourriture avec les doigts quand j'ai serré les mains d'un arabe. Leur hygiène est douteuse et ils traînent souvent des germes de maladies honteuses ; mais à présent, je me suis lavé les mains.

- Mais voyons, lance Jean Luc mi-figue mi-raisin, une maladie ne peut être honteuse que par la manière dont on l'attrape.

Monsieur le Curé répond par un sourire gêné.

Joël et Pascal ont suivi la scène avec un étonnement grandissant. Guy leur glisse à voix basse :

- Bah ! Ne vous inquiétez pas, c'est un cas.

- Passons à table, propose le père pour dissiper le léger malaise qui s'est installé.

Le repas tire à sa fin, chacun sirote son café.

- On pourrait faire tout de suite un premier point, propose le père.

- Bon, alors je vous laisse, dit Monsieur le Curé en se levant, une préparation de mariage m'attend au presbytère.

Il serre les mains et s'en va dignement vers l'église.

- Vous avez fait connaissance avec l'entourage qui sera le vôtre, attaque le père ;

j'espère que ce premier contact ne vous a pas trop dépaysé ?

– Non, je trouve l'ambiance sympa, et je ne pense pas que Pascal me contredira.

– Non, bien sûr, il n'y a que la place de Monsieur le Curé que je ne vois pas bien.

– Ne vous souciez pas de lui, vous ne le verrez qu'au moment des repas. Si ses réflexions vous semblent parfois un peu bizarres, ne vous en offusquez pas. C'est vrai qu'il peut paraître un peu raciste, mais quand on sait ce qu'était l'ambiance ici, je peux vous dire qu'il a fait de gros efforts vis à vis de la population algérienne.

– Ah bon ! s'étonne Pascal, visiblement peu convaincu.

– Voyons plutôt le travail que vous aurez à faire, enchaîne le père. Jusqu'à présent nous avons enseigné en amateur ; bien que l'expérience ait été enrichissante, il serait dommage d'en rester là. Nous tournions avec trois classes d'une dizaine d'élèves. Maintenant nous allons passer à quatre de vingt élèves. De plus nous sommes déclarés à l'académie et nous devons avoir un directeur titulaire du BAC. C'est un premier problème car Guy n'a pas le diplôme, et ceux de Jean Luc, qui est Suisse, ne sont pas reconnus ici. Il faudra donc que ce soit un des nouveaux arrivants qui assure le poste.

– Oh là là ! de but en blanc, comme ça, alors que nous n'avons aucune expérience dans l'enseignement et que nous ne connaissons rien au pays ? s'inquiète Pascal.

- En fait, celui qui aura le titre de directeur, ne servira que de couverture. C'est moi qui m'occuperai de tout ce qui est paperasserie administrative et contact avec l'académie. Guy, dans un premier temps au moins, aura la responsabilité de la bonne marche de l'école.

- Ça ne fait rien s'exclame Joël avec humour, je me sens bien petit pour une telle charge.

Et pour ajouter à ses dires, il tasse sa petite personne au fond de son siège.

- Vu sous cet angle, je veux bien tenter l'expérience, hasarde Pascal.

- De toute façon, je ne vous demande pas de réponse immédiate, mais nous n'avons plus que trois jours pour régler le problème. Par contre, il faut parler tout de suite des cours que chacun aura à assurer pour que vous puissiez jeter un coup d'œil à votre programme. Jusqu'à présent, Kouider, qui était là tout à l'heure, s'occupait du cours préparatoire, Jean Luc des préparations au Certificat d'Etudes. Guy avait une classe intermédiaire. Je propose que Jean Luc garde sa classe puisqu'il suit depuis un an quelques-uns de ses élèves, dont Kadda et Okba que vous avez vus avec Kouider. Ce dernier nous laisse : il a trouvé du travail. Je pense que Guy devra le remplacer car c'est une classe où la

107

plupart parlent très mal français, et certains pas du tout. Son expérience des gens du pays lui sera bien utile. Restent donc les classes du cours élémentaire et du cours moyen à pourvoir. Joël et Pascal, je vous demande de choisir rapidement entre vous.

- Pas d'importance pour moi, déclare Joël, je n'ai aucune expérience, donc aucun élément d'appréciation. Je laisse Pascal dire ce qu'il préfère.

- Je suis exactement dans le même cas, mais je pense que je prendrai les plus grands. J'ai fait des colonies de vacances et j'ai remarqué que plus les gamins étaient petits, moins j'étais à l'aise.

- Ton raisonnement ne tient pas en l'occurrence, tous nos élèves étant non scolarisables dans le cycle normal. Ils ont donc tous au moins quatorze ans et jusqu'à dix-huit pour certains.

- Ça ne fait rien, je garde quand même les cours moyens. Et qu'est-ce que nous avons comme support pour faire la classe ?

- C'est pas terrible, il faudra faire avec les moyens du bord, dit Guy en échangeant un regard amusé avec Jean Luc.

- Je crois qu'on s'est dit l'essentiel pour l'instant, conclut le père. Profitez bien de votre après-midi. On se retrouve demain pour l'organisation des cours.

- Allez ! On vous fait visiter plus à fond le quartier et les environs, décrète Guy. Je suis d'ailleurs sûr que les copains nous attendent déjà dehors.

NOVEMBRE 1963

- Abderrahmane ! Reste un peu tranquille, tes camarades ont envie de travailler.

- Mais je suis tranquille moi, M'sieur ! s'indigne un élève assis près de celui que Guy vient d'interpeller.

- Bien sûr que tu es tranquille, et tâche de le rester. Mais si j'ai dit à Abderrahmane de rester tranquille et que toi, tu n'es pas en train de bouger, tu pourrais penser, en réfléchissant un peu, qu'il s'agit de ton frère.

- C'est pas mon frère, M'sieur, c'est mon demi-frère.

- Peu importe, il ne s'agit pas de toi, alors tais-toi.

Abderrahmane Mohammed repique du nez dans son cahier, non sans avoir fait un sourire de connivences à son frère Abderrahmane Mohammed. Depuis la rentrée scolaire, ces deux-là s'entendent comme larrons en foire pour chahuter et faire tourner Guy en bourrique. Même père, pas même mère, mais même nom et même prénom, à peu près même âge, et deux frimousses si ressemblantes qu'il est fréquent de les confondre.

Heureux du petit cinéma qu'ils viennent de faire, les deux compères se sont replongés dans leurs exercices, histoire de se faire oublier un peu... Cinq à dix minutes de calme en perspective, guère plus. Mais cela suffira peut-être pour terminer l'heure de cours tranquillement. Guy remonte lentement l'allée entre les tables, contrôlant que les lignes d'écritures sont faites correctement. On en est à la lettre « P » ; l'écriture, ça va encore, mais la prononciation, c'est autre chose… Le son P comme le son V n'existent pas en Arabe ; ils se confondent réciproquement avec le B et le F. La lecture avant l'exercice d'écriture n'a pas été fameuse ; il faudra la reprendre après la récréation.

Quelques élèves ont fréquenté l'école coranique et savent un peu lire et écrire en Arabe. Les premiers jours, ils ont eu du mal à s'adapter à l'écriture française qui va de gauche à droite, alors que l'Arabe s'écrit de droite à gauche. Maintenant, ça va mieux.

Guy s'assoit au fond de la classe à une place vide. C'est celle de Lahcen, qui n'est jamais là le samedi matin. Pourtant, il est très bon élève, et, bien que ne sachant pas un traître mot de français en s'inscrivant au cours, il est de ceux qui progressent le plus vite. Le premier samedi, Guy n'a rien dit pour son absence, mais la deuxième fois il lui a fait remarquer, en demandant à un autre élève de traduire qu'il était dommage de manquer des cours quand on était un bon élève comme lui. Lahcen n'a rien répondu, mais n'est pas revenu davantage les samedis suivants. C'est par Kouider que Guy a eu la clef de l'énigme : Kouider connaissant beaucoup de monde, a fini par apprendre que le frère aîné de Lahcen était en prison. Pourquoi ? On ne le sait pas ; la famille n'en parle pas. Ainsi donc, chaque samedi matin, Lahcen va voir son frère à la prison. Ceci dit, à plus de dix-huit ans, c'est un des plus âgés de la classe. Elève modèle, sérieux et travailleur, il sait faire taire, à l'occasion, ses petits camarades quand Guy est un peu débordé. Lahcen présent, les frères Abderrahmane sont plus calmes.

Il n'est pas aisé de maintenir un semblant de discipline dans la classe. Si seul un intérêt soutenu pendant les cours permet d'être efficace, il est difficile de le garder à longueur de journée. Les punitions n'ont guère d'effets… Les élèves ne craignent vraiment qu'une seule chose : que l'on convoque leur père. Guy évite d'en arriver là depuis le jour où, ayant effectivement convoqué le père d'un gosse vraiment trop chahuteur, ce dernier n'était revenu en classe que trois jours plus tard, la peau constellée de bleus, souvenirs encore frais de la raclée mémorable qu'il avait reçue. Devant la violence du traitement, Guy s'est bien juré d'y regarder à deux fois avant de recommencer.

L'heure de la récréation approche, les élèves commencent à s'agiter, certains ont fini leur exercice. Guy s'est levé pour rejoindre son bureau et claque dans ses mains :

- C'est fini ! Vous m'apportez vos cahiers avant de descendre.

Au même moment une cavalcade dans l'escalier signale que les autres classes sortent aussi pour la récréation. La classe s'est vidée à l'exception de quelques-uns, dont les frères Abderrahmane, qui continuent leur exercice. Guy s'approche et enlève les copies des retardataires.

- M'sieur ! M'sieur ! On n'a pas fini, protestent les deux frères.

- Ce n'est plus le moment de travailler. Si vous ne faisiez pas la récréation en classe, vous n'auriez pas besoin de travailler pendant la récréation.

L'un des frères détourne la conversation qui prend un tour trop dangereux à son goût :

- Dis M'sieur Guy, tu crois que le M.C.O. va gagner contre le C.R.B. à Alger ?

- Je n'en sais rien, et toi qu'en penses-tu ?

- Le M.C.O. va gagner ; d'abord l'avant-centre revient après un mois d'arrêt, et puis, au C.R.B., ils n'auront pas retrouvé leur meneur de jeu. La semaine dernière, ils se sont fait promener comme des gamins à Annaba. Pourtant Annaba…

- Tu as sans doute raison, je te fais plus confiance pour le foot que pour les maths ou le français. Mais on verra ça lundi ; pour le moment filez jouer dans la cour, vous en avez grand besoin.

Les deux garçons s'éclipsent vivement vers l'escalier, heureux d'avoir pu détourner les foudres qui s'accumulaient au-dessus de leur tête.

Guy sourit en pensant à ce cours du lundi qu'il vient d'évoquer. Chaque semaine se répétait le même scénario : toute la matinée était gâchée par les commentaires sur la journée de championnat du week-end. Il avait bien essayé de jouer la sévérité, rien n'y faisait ; le foot c'est le virus national. De guerre lasse, Guy a décidé de faire la part du feu. Un accord a été conclu entre tous : le lundi matin, le premier quart d'heure de cours est consacré au commentaire des matchs. L'un ou l'autre amène le journal et chacun commente rapidement les résultats. Le quart d'heure devient souvent une demi-heure, mais après, le problème est réglé pour le reste de la journée ; l'ambiance de la classe s'en est trouvée bien améliorée.

Tout en pensant à cela, Guy a commencé ses corrections, mettant en marge ses appréciations, donnant quelques mots où quelques lettres à recopier si besoin. Il est en train de terminer quand Pascal entre dans la classe.

- Ça marche Guy ?

- Ma foi oui, mais vivement cette après-midi ; enfin les gamins n'ont pas l'air trop excités, c'est déjà pas mal.

- Je vois que tes élèves sont studieux, ils écrivent même sur les murs, dit Pascal en arrêt près de la fenêtre.

- Comment ça ? s'exclame Guy en s'approchant

- Regarde toi-même.

- Merde ! râle Guy, ils ont dû faire ça ce matin en arrivant ; j'ai été retenu un moment en bas par la mère d'un élève.

Le graffiti aux lettres mal formées est difficile à déchiffrer. On devine pourtant VIVDIGOL

- Qu'est-ce qu'a bien voulu dire ce barbouilleur, s'interroge Pascal ?

- Il est question de goal, donc probablement de foot.

- Eh non ! Si je lis à haute voix VIVDIGOL on comprend tout de suite : « Vive De Gaulle ».

- Oui, tu as raison ! C'est fou ce qu'ils admirent notre grand Charles. Si un jour on ne veut plus de lui en France, il pourra envisager une deuxième carrière politique en Algérie, et sera plébiscité.

- Bon, je n'étais pas venu pour ça. Je voulais précisément te parler des parents d'élèves, il en arrive à tout moment et ça désorganise les cours. Regarde, Joël est encore accroché par la mère de Khaldi dans la cour, il va avoir du mal à s'en dépêtrer avant la fin de la récré. Tu ne crois pas qu'il faudrait les aider à se discipliner un peu en leur fixant un horaire précis pour venir nous voir ?

- Tu fais bien de soulever le problème ; c'est vrai que certains ne peuvent pas venir n'importe quand ; mais la plupart n'ont malheureusement pas un emploi du temps bien surchargé et pourraient choisir leur heure. Concrètement, as-tu quelque chose à proposer ?

- A mon avis, il faudrait bloquer ça le soir, dans la demi-heure qui suit la fin des cours. Ça nous gênera peut-être dans notre travail personnel, mais au moins on ne sera pas dérangés pendant la classe.

- O.K., on en parle ce soir aux autres, et, si le père est d'accord, on affichera une note à l'entrée. Si en plus on explique cela clairement aux élèves, on devrait obtenir un résultat.

- Bon, on fait comme ça. Pour le moment je retourne préparer la deuxième heure de cours.

- OK, à tout à l'heure.

Guy va au tableau pour préparer l'exercice de calcul qui suivra la reprise de la lecture. En bas, la cour trop étroite est submergée de cris et de galopades. Celles-ci se terminent souvent dans les portes malmenées par la violence des heurts. Bientôt Jean Luc claque des mains pour signifier la fin de la récréation. Les élèves viennent se ranger plus ou moins docilement devant lui.

- Montez sans faire de chahut ; les « cours élémentaires », je ne veux pas entendre de bruit dans votre classe jusqu'au retour de Joël ; si vous remuez trop, je vous file un exercice !

La rentrée se fait dans un calme relatif. Au fond de la cour, Joël est toujours aux prises avec la mère de Khaldi :

- Mais si Madame, votre fils travaille bien je vous l'assure.

- Alors, s'il travaille bien pourquoi est-il dans les derniers de la classe ? S'il ne travaille pas bien, il faut me le dire, je le corrigerai.

- Non, non ! Ce n'est pas la peine. On a voulu faire passer votre fils au cours élémentaire pour lui faire gagner une année, mais c'est encore un peu difficile pour lui ; ça ira mieux au deuxième trimestre… Si vraiment ça n'allait pas, on le ferait redescendre au cours préparatoire. Mais je vous assure que votre fils fait tout ce qu'il peut et qu'on est content de lui.

- Je ne comprends pas bien, tu es content de lui et tu ne lui donnes pas de bonnes notes. Tu me dis que ça va aller mieux, saha ! Mais tu ne crois pas qu'une petite correction ça l'aiderait un peu ?

- Les notes ne sont pas bien bonnes pour l'instant, mais les notes ne font pas tout. Je vous assure que Khaldi travaille bien et fait des progrès ; bientôt il sera l'un des meilleurs ; vous

117

pouvez me faire confiance… Si ça n'allait pas, je vous le dirais.

- C'est bon, c'est toi qui sais… Mais je veux que mon fils travaille bien.

Sur ces mots, elle se dirige vers la porte que Joël va fermer derrière elle avant de rejoindre ses élèves. Ces derniers commencent à manifester bruyamment leur désœuvrement. Comme il arrive sur le palier, Jean Luc passe la tête par l'entrebâillement de la porte de sa classe :

- Ah ! te voilà ; j'étais sur le point d'intervenir.

- Merci mon vieux, mais pour cette fois ce ne sera pas nécessaire.

Le seul grincement de la poignée de la porte ramène instantanément le calme et le silence.

DECEMBRE 1963

Les fêtes de fin d'année arrivent avec les premières vacances scolaires : quinze jours qui vont permettre à chacun de reprendre souffle. En effet la petite équipe du patro n'a guère vu le temps passer. Après les tâtonnements des premières semaines, l'école a pris son rythme de croisière, et s'il faut encore improviser un peu chaque jour, adapter, s'interroger, une certaine accoutumance à l'inconnu et à l'imprévu permet à ces néophytes de l'enseignement de faire face avec plus de sérénité et de décontraction.

En cette fin d'après-midi, à la veille du dernier jour de classe, le père a réuni sa petite équipe dans le bureau pour faire le point de ce premier trimestre. A présent, ils redescendent ensemble vers le patro. Kouider les attend à la porte.

- Salut tout le monde, je n'avais pas le courage de monter jusqu'à l'école… Mais je commençais à perdre patience ici ; vous faites des heures supplémentaires ?

Ce n'est une surprise pour personne de le trouver là, car il vient souvent leur rendre visite après sa journée de travail. Il suit de près l'évolution de cette école qui lui tient à cœur, car il la considère un peu comme le prolongement de la lutte d'indépendance dans laquelle il s'était engagé sur le quartier. Cet engagement d'hier lui vaut le respect des petits et des grands, mais lui-même n'en dit jamais rien. Le père en sait sans doute plus à ce sujet, mais comme il est aussi discret que Kouider…

Guy répond à sa question :

- Eh non, mon vieux Kouider, on a seulement pris un moment pour faire le point sur le premier trimestre ; demain soir ce sont les vacances !

- Vous les enseignants, vous avez bien de la chance ; moi je vais devoir me contenter du premier de l'an et c'est tout. Mais puisque vous allez avoir du temps, ce serait peut-être l'occasion de parler sérieusement du démarrage des cours du soir.

- Ya khouia ! tu es tenace ; mais c'est vrai, c'est le moment d'y penser, acquiesce Guy.

- Oui, tu as raison, renchérit le père, mais laisse-nous souffler un peu. Viens samedi après-midi, on en reparlera. En attendant, si tu veux prendre l'apéritif pour arroser la fin du trimestre, entre avec nous.

- Non, les amis m'attendent sur la place pour monter en ville.

Et, ce disant, il descend la ruelle à grandes enjambées. Les autres entrent et se servent un apéro ; la discussion repart sur les cours du soir. Pascal remarque :

- Samedi on ne sera pas là, Joël, Jean Luc et moi ; on a prévu d'aller faire un tour à Alger ;

j'y ai des copains qui sont aussi en coopération militaire.

- Oui je sais, répond le père, mais ça n'a pas d'importance. Vous êtes ici essentiellement pour les cours de rattrapage. Les cours du soir devraient être pris normalement en charge par les gens du quartier ; vous n'avez donc aucune obligation à ce sujet. Guy, lui, a accepté d'y participer, mais c'est une décision qui lui est propre.

- C'est vite dit, fait remarquer Guy, Kouider s'est montré tellement persuasif que je n'ai pas pu refuser. Mais enfin, c'est une expérience qui me tente et je pense pouvoir la mener de front avec ma classe… On verra bien.

- Oh Guy !

La voix de Kouider fait résonner la ruelle. Guy, qui s'était étendu sur son lit après le repas, va pousser les volets et, voyant Kouider rigolard adossé au mur d'en face, lui dit :

- Ne crie pas si fort, tu vas réveiller ceux qui font la sieste.

- Mais Jean Luc n'est pas là, alors qui fait la sieste ?

Guy ne relève pas l'allusion gentiment moqueuse au sujet de celui qui a effectivement quelque chose des marmottes de sa Suisse natale.

- Ne bouge pas, je descends ouvrir.

Le temps d'aller déverrouiller la porte, Kouider lui file une amicale bourrade dans les côtes avec de joyeux éclats de rire.

- Alors ! ces cours du soir, on les commence quand ?

- Hé là ! doucement, de toute façon, ce n'est pas pour tout de suite ! Le père s'est absenté et ne rentre que vers quinze heures. D'ici peu, on va ouvrir le patro ; le temps de laisser passer le coup de bourre de la première heure, on pourra confier la surveillance à Kadda, Okba et les autres. A ce moment le père sera sans doute de retour et on pourra discuter sérieusement de ces cours du soir.

Les deux amis sont descendus à la galerie du premier étage et se sont assis sur la balustrade.

- C'est que ça urge, reprend Kouider, je connais déjà plus d'une vingtaine d'hommes sur le quartier qui sont prêts à s'inscrire. Ils voient bien tous qu'il n'y a pas beaucoup d'embauche et que d'apprendre simplement à lire et à écrire peut aider dans la recherche du travail. D'ailleurs c'est écrit dans le Coran : le croyant doit apprendre.

- Je sais Kouider, tout cela tu me l'as déjà dit et je suis convaincu. C'est pour bientôt maintenant... Mais, en attendant, il faut aller ouvrir, sinon ces pirates en herbe vont nous défoncer le portail.

En effet, depuis quelques minutes, l'animation n'a fait que croître dans la rue, et à présent des coups violents ébranlent le portail. Alors que Guy et Kouider descendent l'escalier, la grosse voix de Kadda s'élève :

- Bande de bourricots, vous ne pouvez pas vous tenir tranquille en attendant qu'on ouvre ? Qu'est-ce que c'est que cette cohue ? Tous en rang le long du mur, et plus vite que ça !

Le silence se rétablit peu à peu, ponctué de quelques taloches retentissantes ; après quoi Kadda assène trois coups de poing appuyés sur le portail et crie :

- Alors ! on dort là-dedans ?

- Ya khouia ! ça va pas bien la tête, réplique Kouider qui allait justement ouvrir… Tu es encore plus bourricot que les autres !

- Salut Kouider, tu es déjà ici ? s'écrie Kadda en lui balançant une grande claque dans le dos.

Les effusions en restent là, car le flot des gamins les sépare, investissant la cour et ses dépendances. Déjà un groupe s'acharne sur le ballon, tandis qu'un autre envahit la salle des baby-foot. Les plus calmes se sont agglutinés autour de Guy, réclamant des jeux de cartes, de dominos ou de dames. Nacer qui vient d'arriver se saisit du ballon.

- Qu'est-ce que c'est que ce souk ? Si vous foutez la pagaille, je confisque le ballon. On fait les équipes, tout le monde au pied de

123

l'escalier ; Rezgui et Djamel, vous êtes capitaines.

L'appel des noms commence, parfois couvert par le brouhaha qui tombe de la salle des baby-foot où Kadda et Okba essayent d'organiser un mini tournoi. Bientôt, pourtant, les équipes sont formées et le match démarre au coup de sifflet de Nacer.

Guy et Kouider se promènent en discutant parmi les groupes de joueurs éparpillés dans la galerie et sur les marches d'escalier, visages graves, concentrés sur leurs cartes ou leurs pions, laissant parfois exploser un cri de victoire ou de dépit.

Le père les rejoint bientôt :

- Salut Kouider, fidèle au rendez-vous !

- Bien sûr, pour que je manque celui-là, il aurait fallu me tuer !

- On va peut-être monter dans la salle à manger pour discuter plus tranquillement.

- D'accord, approuve Guy.

Et, passant, devant les baby-foot il crie pour couvrir le vacarme :

- Kadda et Okba, vous jetez un coup d'œil par ici de temps en temps, on monte avec le père et Kouider.

- Merde ! braille Okba dépité, juste au moment où on allait faire notre première partie.

- Tant pis, ce sera pour plus tard, reprend Kadda plus philosophe. Montez tranquilles, on aura l'œil.

Le père, Kouider et Guy se sont assis au bout de la grande table de la salle à manger. Le père a sorti d'un tiroir un cahier qu'il ouvre devant lui :
- J'ai déjà noté quelques réflexions à propos de ces cours du soir, je vais vous les lire, après on en discutera.
- Oui, c'est bien, approuve Kouider, tout heureux de voir que le père prend aussi très au sérieux « son projet ».
- Il va falloir tenir compte de trois choses essentielles : d'abord, le recrutement des élèves, ensuite qui est disponible pour donner les cours, enfin, où ils auront lieu.
- Pour ce qui est du recrutement, intervient impétueusement Kouider, j'en fais mon affaire ; avant même l'annonce officielle du démarrage une vingtaine d'hommes m'ont déjà contacté, avec l'annonce officielle, ce nombre va au moins doubler.
- Oui, tu nous l'as déjà dit, reprend le père ; de mon côté j'ai eu aussi beaucoup de demandes. D'où mon premier souci : qui va assurer les cours ?
- On est déjà trois ici, répond Kouider, et mon copain Ahmed que je vous ai présenté

l'autre jour est toujours d'accord, on est donc quatre.

- De toute façon, constate Guy, nous n'avons que les quatre classes de l'école donc quatre enseignants, c'est suffisant pour le moment. Mais si la demande est aussi grande que vous le dites, il va se poser un autre problème : dans la journée, avec des jeunes encore proches de la scolarité, on arrive tout juste à faire travailler vingt élèves par classes. Pour les cours du soir, avec des adultes, nous devrons plafonner à douze ou quinze si nous voulons être efficaces. Ça ne nous permet de prendre qu'une soixantaine d'inscriptions au maximum ; même si, en se serrant un peu, l'école pourrait en accueillir une centaine.

- Tu es trop pessimiste Guy, les hommes ne comprendraient pas que l'on refuse du monde s'il y a encore de la place dans les classes. Il faut qu'on remplisse l'école, et à nous de nous débrouiller pour que chacun en profite au maximum.

- C'est bien de vouloir tout, tout de suite, Kouider. Mais je crois que Guy a raison ; ceux qui viendront seront là pour apprendre et nous devons les mettre dans les meilleures conditions. Mieux vaut moins d'élèves qui travaillent bien que trop qui ne pourront pas bien travailler et se décourageront vite.

- Ça ne va pas être facile d'expliquer ça aux copains, reprend Kouider songeur… Et si on trouvait d'autres gars pour assurer les cours ? Ne pourrait-on pas mettre deux classes de même niveau dans la même salle ?

- T'es pas fou ? l'interrompt Guy, ce serait le bordel complet. Pourtant, tu me donnes une idée, mais elle n'est sans doute guère plus réaliste que la tienne.

- Dis toujours, l'encourage le père, on est là pour ça.

- Je pense aux plus grands du patro qui sont cette année en classe de préparation au certificat : Okba, Kadda, Nacer et quelques autres. Ne pourrait-on pas leur demander, non pas d'assurer les cours, mais de doubler le titulaire. Ils pourraient suivre et aider une partie de la classe et ça permettrait peut-être d'augmenter la capacité d'accueil. Mais je sais qu'ils doivent d'abord penser à leurs études.

- Mais oui, c'est ce qu'il faut faire, s'écrie Kouider, tout heureux de tenir une solution.

- Ne t'emballe pas trop vite, reprend le père en souriant. C'est vrai que la proposition de Guy mérite qu'on y réfléchisse. Mais il ne faut rien décider sans l'avis des intéressés ; avant de leur en parler, faisons bien le tour de la question. Si nous ouvrons quatre classes, nous nous inspirerons du découpage des cours de la journée. A supposer que nos gars soient d'accord, je pense que pour les cours préparatoires et les cours élémentaire, il n'y aura pas de problèmes. Déjà au niveau des cours moyens je ne crois pas que nos gars soient en capacité d'aider efficacement ; pour ce qui est de la préparation au certificat, c'est nettement hors de leur portée.

- Il ne manquerait plus qu'ils ne soient pas d'accord, éclate Kouider. Tous les soirs ils sont à faire les cons avec un ballon sur la place, ça ne les fatiguera pas plus d'aider aux cours du soir.

- Ne sois pas trop dur avec les copains, le reprend gentiment Guy. Après une journée d'école, ils ont tout de même le droit de se défouler. Mais effectivement, vu qu'il ne leur sera demandé ni préparation ni correction, la proposition est réaliste. Pour ce qui est de suivre les cours moyens, je crois que Kadda serait à la hauteur… Tout ceci sous réserve de leur accord.

- Bien, conclut le père, avant d'aller plus loin, demandons tout de suite l'avis des intéressés. Ils sont en bas, il n'y a qu'à les faire monter.

- Tous ensemble, c'est risqué, ce sera vite le bordel s'il n'y a personne en bas. Mais on peut toujours demander à l'un d'entre eux histoire de tâter le terrain.

- Alors appelons d'abord Kadda, intervient Kouider, c'est lui le plus réfléchi, il ne parlera pas sur un coup de tête, s'il ne dit pas non c'est que c'est O.K.

- Bon, je l'appelle par la fenêtre, décide le père.

Comme il ouvre la croisée, un vacarme assourdissant monte de la cour dans une bouffée de brise marine. Nacer est dans la cour, arbitrant toujours le match de foot. Le père met ses mains en porte-voix et l'appelle. Mais il faut vraiment insister pour couvrir le brouhaha. Enfin, au troisième essai, Nacer lève la tête et, voyant le père, interrompt la partie et demande le silence.

- Fais avertir Kadda qu'il nous rejoigne ici, il doit être dans la salle des baby-foots.

- Saha, acquiesce Nacer ; puis se tournant vers Rezgui qui se trouve près de lui : tu as entendu, alors gicle.

- D'accord, mais arrête la partie jusqu'à mon retour.

- O.K., approuve Nacer qui, lance un coup de sifflet strident et braille : Mi-temps.

Rezgui s'est déjà élancé dans l'escalier. Le père referme la fenêtre, replongeant la pièce dans le calme.

- C'est bon, Kadda ne va pas tarder, si on buvait quelque chose en l'attendant ?

- Ce n'est pas de refus.

Le père passe à la cuisine et, comme il revient les mains chargées de canettes, Kadda pousse la porte de la salle à manger :

- Salut ! c'est pour boire un coup que vous m'avez fait appeler ironise-t-il ?

- Et non rigolo ! mais tu peux toujours profiter de l'occasion, réplique Guy. En même temps, réfléchis à ce que nous allons te proposer. Le démarrage des cours du soir est prévu pour la rentrée scolaire de janvier. Est-ce que vous seriez d'accord Okba, Nacer, toi et peut être quelques autres pour nous donner un coup de main ? Je m'explique en donnant un exemple : Kouider assure un cours, c'est lui qui le prépare et en a la responsabilité ; mais pendant le cours lui-même, s'il a beaucoup d'élèves, il serait bien que quelqu'un d'autre l'aide à donner des explications supplémentaires à ceux qui ont du mal à suivre ou pour préparer des exercices au tableau. La forme de cette aide se précisera au fur et à mesure des cours. Vous n'auriez rien à faire ni avant, ni après pour ne pas trop prendre sur votre temps de travail.

- Je ne voudrais pas m'engager pour les autres, mais moi, personnellement, ça m'intéresserait assez si vous m'en croyez capable. Une question pourtant, à quelle heure démarreront les cours du soir et quelle sera leur durée.

- Très bonne question sur laquelle nous n'avons pas encore réfléchi, remarque le père. Pour la durée, je pense qu'après une journée de travail, comme ce sera le cas pour beaucoup, une heure est la bonne mesure. Par contre il faut décider si les cours se feront directement après le travail ou plutôt après le repas. Qu'en penses-tu Kouider, toi qui travailles.

- Pour moi, des cours de une heure, c'est bien le minimum. Maintenant pour savoir si on les fait avant ou après le repas, il me semble que c'est l'hiver et que l'on mange tôt dans les familles ; il vaut mieux fixer le début des cours vers huit heures. D'ailleurs on étudie mieux en ayant le ventre plein plutôt que le ventre vide !

- Tu as raison. Pour l'instant, nous allons en rester là sur le sujet. Kadda, on ne te retient pas plus, tu peux redescendre. Parle de tout ça aux autres, vous nous donnerez votre réponse après le patro.

- C'est d'accord, comptez sur moi.

La porte une fois refermée, le père demande :

- Alors, Kouider ?

- C'est dans la poche !

- Il reste un dernier point à régler : Comment allons-nous nous partager les classes ?

- Je veux bien prendre l'équivalent du cours préparatoire, propose Kouider. Mon copain Ahmed m'a dit qu'il se chargerait volontiers des cours élémentaires.

- Dans ce cas, le cours moyen me conviendrait et on vous laisserait la préparation au certificat, père.

- J'aimerais bien, mais il faut être réaliste : Je risque parfois d'avoir des problèmes d'horaires à cause de mes autres activités sur la paroisse. Il me semble donc difficile d'assurer un cours où je devrai être seul ; surtout s'il s'agit d'une préparation au certificat d'études.

- Je n'avais pas vu les choses sous cet angle. C'est effectivement plus réaliste que je m'occupe de cette classe, approuve Guy.

- Si on est d'accord, il ne reste plus qu'à fixer la date du démarrage. Je propose que ce soit huit jours après la rentrée officielle des classes, en mettant à profit ce temps pour prendre les inscriptions le soir. D'ici là, je me charge de rassembler le matériel scolaire nécessaire, j'y ai déjà réfléchi.

- Aïwa ! je les tiens mes cours du soir ! exulte Kouider tout excité.

- Et si on descendait à présent, propose Guy ; Azédine et Kadda n'attendent que ça pour faire leur partie de baby-foot.

FEVRIER 1964

Il fait sombre et pluvieux quand Guy arrive devant la grille de la cour. La rue est calme, il n'est que sept heures et demie et les cours ne commencent qu'à huit heures. Néanmoins une ombre se détache du mur quand il s'approche de la porte pour l'ouvrir.

- Sba l'rheir[30], Guy, labès ?

- Salut, répond Guy, tout en tâtonnant avec la clef pour trouver la serrure. Et toi, comment ça va Kouider ?

- Moi, ça va, mais il va y avoir un problème pour les cours ce soir. Ahmed m'a fait dire qu'il ne serait pas là.

- Bon, on va s'organiser pour ce soir ; avec le départ de Djamel la semaine dernière, ça devient difficile.

- Pour Ahmed aussi, l'absence risque de se prolonger.

- Entrons dans le bureau, nous serons plus à l'aise pour en discuter.

- Guy pousse la grille et va ouvrir la porte du bureau. Il éclaire et s'installe derrière la table. Kouider prend une chaise contre le mur et s'assoit en face de lui.

---

[30] Bonsoir

- Qu'est-ce qui lui prend à Ahmed de nous laisser tomber ? Il faisait bien l'affaire et cela avait l'air de bien lui plaire.

- Il a dû partir à Beni Saf.

- A Beni Saf ! Je sais bien que c'est son pays, même qu'il racontait à tout le monde que c'est un bled perdu et qu'il n'y remettrait jamais plus les pieds. Je ne suis d'ailleurs pas du tout d'accord avec lui, je trouve que Béni Saf est une petite ville charmante.

- Oui, mais il a été obligé. Il a eu des ennuis avec la police ; ce n'est pas un voleur, mais ils sont nombreux dans la famille et la paye de son père est bien petite pour habiller tout le monde cet hiver… Enfin, il a estimé préférable d'aller chez son oncle à Béni Saf pour quelques mois.

Guy n'insiste pas, les explications embarrassées de Kouider sont assez claires pour lui. Ahmed a dû être repéré en train de piquer des vêtements à l'étalage ; s'il n'a pas été pincé cette fois, son signalement a dû être donné à la police, et s'il est reconnu, il sera embarqué par les flics. Difficile de porter un jugement. Il ne faut pas encourager le vol, bien sûr ; il faudrait surtout supprimer les conditions de vie qui l'engendrent souvent.

- Okba qui aide habituellement Ahmed fera le cours tout seul, décide Guy ; le père lui donnera un coup de main, sa classe est au même étage et Kadda le seconde efficacement. Pour la suite il va falloir aviser. Est-ce que tu crois que Kadda ou Okba pourraient éventuellement assurer un cours préparatoire ?

- Je vois où tu veux en venir, répond Kouider ; je prendrais le cours élémentaire et l'un des deux prendrait le cours préparatoire que j'assure actuellement.

- C'est ça oui, mais provisoirement, pour dépanner ; alors, Kadda ou Okba ?

- J'y verrais mieux Kadda, il est plus calme et c'est vrai que les cours préparatoires demandent beaucoup de patience. Mais il y a aussi un autre jeune dont je te parlais l'autre jour : Khaldi ; il pourrait aussi faire l'affaire.

- C'est vrai ; tu lui proposes ?

- Saha, il habite du côté de l'ancienne préfecture, je passerai là-bas en rentrant du travail. C'est bien le diable si je ne le rencontre pas sous les platanes. Il y attend souvent un de ses copains qui travaille à l'imprimerie.

La grille de la cour grince, Kadda et Okba, les deux inséparables, entrent dans le bureau et serrent les mains.

- Djamel reste introuvable, dit Kadda, personne ne sait où il est passé. Certains supposent un départ clandestin pour la France… Il en parlait souvent.

135

- Comment on s'organise ce soir ? s'inquiète Okba qui, de toute évidence est au courant du départ précipité d'Ahmed.

- Kouider reste seul avec les cours préparatoire puisque Djamel n'est toujours pas là. Okba, tu assures les cours élémentaires et Kadda les cours moyens et on demandera au père de vous soutenir tous les deux.

- Je crois que Rezgui monte ce soir, intervient Kadda.

- Si c'est le cas, il donnera un coup de main à Kouider.

Pour le moment, il n'y a toujours que quatre classes d'ouvertes pour les cours du soir, et elles sont complètes. Il faudrait en ouvrir d'autres ; mais comme il a été décidé une fois pour toutes que ces cours devaient être pris en charge par le quartier et qu'il est difficile pour le moment d'assurer l'encadrement des classes existantes… Il faut trouver des gens à la fois assidus et compétents ; malheureusement, si le petit groupe d'amis qui s'est forgé autour du patro est assidu, sa compétence n'est pas à la hauteur. Mais la persistance de ces cours après plus d'un mois d'existence semble tout doucement réveiller les indécis ; d'ailleurs la presse fait campagne pour encourager l'alphabétisation sous toutes ses formes.

Dans la rue, près de la cure, l'animation croît de minute en minute. Les "élèves" sont là, discutant en attendant le début des cours. Il y a parmi eux quelques jeunes de moins de vingt ans, mais la plupart sont des adultes en bleu de travail ou en djellaba, le tarbouch sur la tête. Ils palabrent à mots mesurés, le cahier et le livre à la main ou sous le bras, conscients de l'importance du sacrifice d'une heure ou deux qu'ils font chaque jour pour apprendre.

- Il est moins cinq déclare Guy en consultant sa montre, Kadda, peux-tu aller éclairer les classes ?

- Kouider, tu sais où tu en es, alors je te laisse faire. Okba, je monte avec toi pour voir ton programme de ce soir.

Tous les quatre sont sortis du bureau. Kadda a filé le premier et l'une après l'autre les salles de classes s'éclairent. Quand les trois autres s'engagent dans l'escalier, il redescend déjà.

- On a oublié d'ouvrir la grille fait-il remarquer.

- Laisse tomber pour le moment. Le père a dû te donner quelque chose à préparer au tableau ?

- Oui.

- Alors occupe-toi de ça d'abord ; j'ai besoin d'être tranquille deux minutes avec Okba pour faire le point sur son cours de ce soir. Je crois qu'Ahmed faisait un jour calcul un jour français, où en étiez-vous ?

- Aujourd'hui on devait faire français, nous étions à cette leçon, répond Okba en ouvrant le livre. Mais c'est Ahmed qui devait préparer ; s'il faut improviser, je préférerais le calcul, je m'y sens plus à l'aise.

- Bon, je ne pense pas que ça fasse de problème, il sera toujours temps de rattraper cette heure de français. Et en math, où en êtes-vous ?

- La dernière fois, on a attaqué les multiplications avec retenues. Mais c'est loin d'être au point et Ahmed avait estimé qu'une heure de plus là-dessus ne leur ferait pas de mal.

- Tu as quelques exercices à leur proposer en application ?

- Non, habituellement c'est Ahmed qui les prépare.

- Alors commence ton cours en leur rappelant le principe de la multiplication avec retenues. Puis tu donneras quelques opérations à résoudre. Tu sauras t'en débrouiller tout seul ?

Okba hoche la tête affirmativement.

- Le temps qu'ils fassent leurs opérations, reprend Guy, et que vous les corrigiez ensemble, on préparera, le père ou moi, deux ou trois petits problèmes. Si tu as besoin d'un coup de main, fais signe au père dans la classe à côté.

Guy laisse Okba et passe dans la classe du père où Kadda est en train de s'appliquer au tableau. Depuis le début des cours, le père lui a demandé d'assurer cette tâche car il a une plus belle écriture que lui. Kadda, qui a entendu entrer Guy, se retourne :

- Il faut que j'aille ouvrir maintenant ?

- Non, finis ce que tu es en train de faire, le père ouvrira en arrivant, il ne devrait pas tarder. Je vais l'attendre en bas.

Au moment où il sort dans la cour, le père ouvre justement la grille derrière laquelle certains commençaient à s'impatienter. Guy lui explique :

- On a dû les faire attendre un peu ; Ahmed n'est pas là ce soir et il a fallu s'organiser en conséquence.

- Que lui arrive-t-il ?

- Des ennuis avec la police, il a dû partir en urgence à Béni Saf pour se faire oublier. Le hic c'est que ça risque de durer quelques temps.

- Il faudrait développer les cours, mais avec de telles nouvelles, on n'en prend guère le chemin !

- Ne désespérons pas, Kouider pense pouvoir trouver un remplaçant.

- A la grâce de Dieu, on en reparlera tout à l'heure.

- Pour ce soir Okba va faire travailler sur les multiplications avec retenues, il faudrait lui préparer quelques exercices d'application à donner à ses gars ; vous pouvez vous en charger ?

- Bien sûr, je vais voir ça tout de suite.

139

Guy reste à la porte, serrant au passage les mains qui se tendent. Chacun entre tranquillement ; quel contraste avec le brouhaha des jeunes « écoliers » de la journée.

Bientôt tout le monde est entré ; Guy laisse la porte ouverte pour d'éventuels retardataires. A peine a-t-il traversé la cour qu'il entend un bruit de pas précipités dans la rue ; c'est Rezgui qui arrive en trombe. Guy l'interpelle :

- Tiens te voilà, tu tombes bien, tu pourras donner un coup de main à Kouider.

- Excuse-moi Guy, je suis en retard ; la mer est mauvaise et je pensais bien que nous ne partirions pas ; mais le patron du chalutier n'a pris sa décision qu'au dernier moment.

Le cours terminé, les hommes quittent l'école par petits groupes. Quelques-uns s'attardent dans la cour pour discuter. Chibani sort bon dernier de la classe de Kouider. Guy l'interpelle :

- Alors Chibani, ça entre un peu dans la tête ?

- Ah c'est dur M'sieur Guy, c'est dur ! Mais il faut que ça entre, bessif[31] !

---

[31]   Expression qui veut traduire le caractère obligatoire ; littéralement : « par le fer »

Et Chibani qui, avec ses cinquante-cinq ans est le doyen des élèves, s'en va d'un pas pesant. Kouider, une pile de cahiers sous le bras, se dirige vers le bureau où Guy vient lui-même d'entrer. Rezgui l'accompagne.

- Sacré Chibani, leur lance Guy, toujours fidèle au poste.

- A son âge, répond Rezgui, il ferait mieux de prier et de se préparer à voir Allah. Il a la tête plus dure que les falaises de Gambetta et il retarde toute la classe.

- C'est vrai, admet Kouider... mais d'un autre côté, quel exemple pour les plus jeunes de voir cette soif d'apprendre.

MARS 1964

Voilà maintenant quinze jours qu'Ahmed est parti ; dès le lendemain de sa défection, Khaldi l'a remplacé. Depuis, deux jeunes étudiants du quartier ont proposé leurs services.

En cette fin d'après-midi du dimanche, la séance de cinéma terminée, le calme est revenu dans la cour. Le père et Guy se retrouvent seuls accoudés à la rambarde de la galerie du premier étage. Pendant un moment, ils regardent les mouettes dessiner leurs arabesques dans le ciel. Puis le père déclare tout de go :

- Après les vacances de Pâques, on pourra créer une ou deux classes nouvelles pour les cours du soir.

- C'est vrai qu'au niveau "enseignants", on commence à y voir plus clair. Mais comment va-t-on s'organiser pour les locaux ? Nos cours remplissent actuellement les quatre classes de l'école. Pensez-vous en ouvrir au patro ?

- J'y avais pensé tout d'abord, mais ce n'est pas réaliste. Il n'y a pas de pièces disponibles suffisamment grandes pour accueillir au moins vingt élèves.

- Surtout quand les élèves sont des gaillards de trente ou quarante ans !

- Et puis, ce ne serait pas pratique pour l'organisation, le patro est trop éloigné. Il vaut mieux regrouper au maximum. Aussi j'ai pensé qu'on pourrait occuper la crypte de l'église de l'autre côté de la rue. Il faudra que tu viennes jeter un coup d'œil avec moi demain. C'est tel foutoir là-dedans… J'aimerais avoir ton avis sur la possibilité d'y installer une ou deux classes avant d'entreprendre du rangement.

- Ma foi, les vacances de Pâques arrivent à point nommé pour un tel exercice, j'ai hâte de voir ce que ça donne.

Le père et Guy se tiennent debout à l'entrée de la crypte de la cathédrale Saint Louis[32]. Guy se gratte la tête, perplexe :

- Ce n'est pas l'espace qui manque bien sûr, mais il est salement encombré.

Par les grandes portes largement ouvertes dans leur dos, de soleil déverse ses rayons sur un bric-à-brac phénoménal. Cet amoncellement énorme vient mourir sur les dernières marches de l'escalier qui descend du parvis de la Cathédrale jusqu'aux tombes des anciens évêques d'Oran.

- Oui, il va falloir faire du vide, mais ne surtout rien jeter. D'une part, il y a tout ce qui, au fil des ans, a été descendu de la cathédrale, statues, mobilier, orfèvrerie de pacotille : si on jette ça, on se met à dos tous les bons catholiques qui restent encore ici, et ça on ne le peut pas. D'autre part, s'y sont ajoutées des tas d'affaires

---

[32] Voir photo en annexe page 284

déposées là par des paroissiens dans la grande débandade de l'indépendance. C'était juste pour quelque temps, ils devaient tout faire reprendre une fois installés en France. Ça remonte à bientôt deux ans bientôt, ils ne les réclameront plus ; mais je ne peux pas me permettre de donner des affaires qui ne sont pas à moi.

Puis le père met l'éclairage et ferme les portes. Tous deux descendent dans cette véritable caverne d'Ali Baba. La crypte forme presque un carré, deux séries de trois piliers ronds délimitent de chaque côté une nef latérale. Celle de droite est presque complètement occupée par les antiquités de la cathédrale.

- Il n'y a rien à espérer de ce côté soupire Guy.

- Par contre de l'autre côté, ça pourrait s'arranger. En fait, il y a beaucoup de choses en bas de l'escalier, mais on les a déposées à la va vite. En entassant un peu plus rationnellement dans le fond, on devrait pouvoir dégager la nef de gauche et sans doute une partie de la nef centrale.

Contournant par le fond l'amas hétéroclite, Guy tombe en arrêt devant une batterie d'orchestre pratiquement neuve sous son voile de poussière et de toiles d'araignées.

- Si les copains tombent là-dessus, il sera difficile de leur faire comprendre qu'ils ne peuvent pas y toucher.

- Mieux vaut qu'ils ne les voient pas ; on demandera à Jean Luc, Pascal et Joël de nous donner un coup de main.

- On a intérêt à s'y mettre sans tarder, tout ce souk ne se rangera pas en cinq minutes.

Dès le surlendemain, le père a décidé d'organiser des permanences pour les inscriptions ; elles ont commencé ce soir. Il est venu lui-même dès sept heures au bureau ; la nouvelle s'est vite répandue dans le quartier, une dizaine d'hommes sont dans la cour attendant leur tour.

Guy est là aussi, préparant les tests à faire passer à ceux qui viennent s'inscrire.

Pendant ce temps le père parlemente avec une mère de famille venue inscrire son fils :

- Mais ton fils, pourquoi n'est-il pas venu lui-même ?

- Ya ! mon père, crois-tu que les jeunes pensent à s'instruire si on ne s'en soucie pas pour eux ?

- Et il a quel âge ton fils ?

- Il est jeune encore, il me donne beaucoup de soucis ; je t'en prie, prends-le dans ton école !

- Mais, s'il est jeune, il faut qu'il aille aux cours de rattrapage dans la journée. Je peux le mettre sur la liste d'attente et il y entrera dès qu'il y aura une place de libre.

145

- Aya ! Mais dans la journée il n'est pas disponible.

- Ah bon ! Parce qu'il travaille ?

- Il travaille, il travaille… Si on veut. Il est au groupe scolaire de Sidi Lahouari, mais il travaille mal. C'est pour ça que je te demande de le prendre dans tes cours du soir, pour l'aider à mieux apprendre.

- Mais voyons, nous avons ouvert ces cours pour ceux qui ne peuvent plus aller à l'école ; non vraiment, ton fils, il n'est pas possible de le prendre.

- Oh mon père, tu ne peux pas faire ça ; je paierai s'il le faut, je paierai.

Guy a cessé de classer ses papiers, ému par le désarroi de cette mère. Mais il sait bien qu'on ne peut pas prendre son fils dans les cours du soir. Il y en a tant dans son cas. Les accueillir reviendrait à fermer l'école à ceux pour qui elle est ouverte : tous ceux que l'enseignement officiel ne peut plus prendre en charge à cause de la limite d'âge.

Le père lui-même ne sait plus comment lui faire comprendre qu'il est inutile d'insister. Alors, un homme se détache de la file en attente et s'approche d'elle :

- Ya okhti[33], tu as entendu le père, ton fils il ne peut pas le prendre. Lui, il a déjà la

---

[33] Ma sœur

possibilité d'apprendre et il la gaspille ; pour nous ici, c'est notre dernière chance de nous instruire.

- Je comprends, je comprends… Mais mon fils, qu'est-ce qu'il va devenir…Ya weldi[34] ! weldi !

Se drapant dans son voile, elle sort du bureau, toute voûtée du malheur qui la frappe d'avoir un tel fils.

Un autre candidat s'est assis devant le père et donne les renseignements qui lui sont demandés. Cela dure juste quelques minutes après quoi Guy l'invite à s'asseoir à la grande table à côté pour remplir un test. L'homme a un froncement de sourcils :

- Il faut passer un concours pour être inscrit ?

- Non lui explique Guy, tu vas remplir ces feuilles l'une après l'autre du mieux que tu pourras. Ainsi on saura ton niveau exact et on te mettra tout de suite dans la classe qui te convient.

- Ah bon ! dit l'homme en s'asseyant.

Puis, saisissant le crayon que Guy lui tend, il se met au travail.

Le père a fini d'inscrire les quelques candidats présents ce soir ; tous s'appliquent sur leurs tests. L'un d'entre eux fait signe à Guy ; il a fini son travail, le test est rangé devant lui, le crayon posé dessus.

_____

[34] Mon fils

- Tu as fini ? lui demande Guy.

- Oh non, mais je ne sais plus, alors j'arrête.

Guy prend la copie et la parcourt rapidement des yeux. Seules deux des six feuilles sont remplies ; mais ce qui a été fait est bien écrit et juste, autant qu'on puisse en juger à une lecture rapide. On sent que le peu qui a été appris a été bien assimilé. Il faut dire qu'à dix-huit ans, les souvenirs d'école ne sont pas encore trop lointains.

- Jusqu'à quelle classe as-tu été scolarisé ?

- J'ai arrêté au cours élémentaire deuxième année je crois. C'était au début de la guerre ; mes parents n'ont plus voulu que j'aille à l'école, ils avaient peur pour moi.

- Et tu aimais apprendre ?

- Oh ! Je préférais jouer dehors avec les copains, mais je n'avais pas trop de mal à apprendre, alors ça allait.

- Si tu t'accroches bien, tu dois pouvoir passer le certificat adulte dans deux ans.

- Je peux partir ?

- Oui bien sûr. Les nouveaux cours commenceront après les vacances de Pâques Ceux qui en suivent déjà le feront savoir dans le quartier et on affichera la date précise à la grille dès qu'elle sera fixée.

- Eh bien, au revoir.

Il serre les mains de Guy et du père, lance un "pra la rher" à ceux qui finissent leur test et s'éclipse dans l'ombre de la nuit.

A peine ses pas s'estompent-ils que d'autres se font entendre, se rapprochant de l'école.

- Tiens, il a dû oublier quelque chose, dit le père en jetant un regard circulaire pour vérifier…

Surprise ! C'est Djamel qui entre et les salue joyeusement.

- Ben, qu'est-ce que tu fous là ? s'exclame Guy. Tout le monde te disait en France depuis plus de quinze jours !

- Eh oui, j'étais en France, mais je suis déjà revenu !

- Ça c'est du rapide, ironise Guy ; attends deux minutes avant de nous raconter ton escapade dans le détail.

- Comment dans deux minutes ; tout de suite ! tonne Rezgui qui vient d'arriver avec Kouider et balance une joyeuse bourrade dans les côtes de Djamel.

Guy profite de la courte algarade entre les deux amis pour ramasser les tests des autres candidats et les congédier. A peine sont-ils sortis, que les copains rappliquent car la nouvelle s'est répandue comme une traînée de poudre.

- Alors, lui lance Kouider, c'est beau la France ?

149

Djamel attend que le silence s'établisse, puis il fait, du regard, le tour du petit local plein à craquer. Quand il constate que chacun est prêt pour l'écouter, du ton qu'aurait pris un vieux poilu de 14-18 pour dire : "Verdun, j'y étais", il lâche :

- J'ai vu la France !

Et cette affirmation toute simple suffit à épaissir encore plus le silence qui marque le respect. De tous les jeunes Algériens qui sont là autour de lui, il est le seul, lui Djamel, à avoir vu la France. Et puis, comme le silence se prolonge et que, malgré tout, on est là pour écouter le récit d'un voyage, Rezgui précise :

- Oui, tu as vu la France, mais comment as-tu fait pour y arriver ? Monter sur un cargo en partance, ce n'est pas un problème : on glisse la pièce à un docker qui te fait accéder à bord ; ensuite, il oublie que tu as embarqué. Mais après, comment ça s'est passé ?

- J'étais à fond de cale, au milieu de la cargaison, il ne fallait pas que je bouge pour ne pas me faire repérer. J'avais emporté une bouteille d'eau, un pain et un kilo d'olives comme ravitaillement pour le voyage qui devait durer deux jours. Mais la mer était mauvaise, il a fallu patienter trois jours. J'étais malade, j'avais faim, j'avais soif. J'entendais claquer les paquets de mer contre la coque, comme des coups de canon, et geindre l'arrimage de la cargaison au gré du roulis et du tangage. Souvent j'ai cru que tout allait me tomber dessus. Enfin, au bout de trois jours, ça s'est calmé tout à coup et les moteurs se sont mis à ronronner doucement. J'ai compris que j'étais dans le port de Marseille. J'avais envie de monter sur le pont pour voir ; mais le copain qui m'avait fait embarquer m'avait bien recommandé : "Avant de bouger, attends que les moteurs soient arrêtés et que le bateau ait fini ses manœuvres ; puis patiente encore au moins une heure, il y a parfois une visite des douanes. Ils ne viendront pas te chercher là où tu es, mais il ne faut pas courir le risque de te faire surprendre en dehors de ta cachette. Après tente ta chance, mais ne tarde pas trop, le déchargement commence parfois très vite. Toutes ces précautions prises, je me suis hasardé sur le pont en faisant très attention. C'était le soir, il faisait nuit et il y avait du brouillard. Ça m'a permis de prendre mon temps, le déchargement ne se ferait que le lendemain matin. La passerelle était mise, l'équipage avait dû descendre à terre ; je me suis trouvé sans encombre sur les quais. Mais quel froid ! Je croyais Marseille comme Oran, mais c'est drôlement plus froid, on se croirait à Tiaret ou Tlemcen.

- Bougre de malin, l'interrompt Guy, si tu étais parti l'été, tu n'aurais pas eu ces problèmes !

- C'est vrai, mais l'été, on n'a pas envie de partir d'ici, il y a le soleil, la plage, on est bien.

L'hiver, par contre, on prend le cafard, quand il pleut et qu'il fait froid, que les jours sont courts. On se dit que de l'autre côté ce n'est pas bien pire, et qu'on va y trouver un bon travail. C'est ce qu'on se dit, c'est pour ça que je suis parti à la mauvaise saison.

- Et pour sortir du port, comment as-tu fait ? interroge l'un des auditeurs, histoire de relancer le récit.

- Je n'ai pas voulu sortir tout de suite, je ne voulais pas me retrouver seul la nuit en ville. J'aurais eu l'impression d'être trop suspect. Je me suis donc mis à l'abri dans un dock pour attendre le jour et je me suis endormi de fatigue. C'est un bruit de voix qui m'a réveillé ; ça parlait arabe et ça sentait la sardine grillée ; je me suis approché. C'était des dockers en pause, ils m'ont demandé ce que je faisais là. Je leur ai dit que j'arrivais d'Algérie et que je cherchais du travail. Pour le travail, j'ai compris qu'on ne m'embaucherait pas tout de suite comme docker : il fallait avoir ses papiers en règle. J'ai mangé quelques sardines grillées avec eux, puis j'ai décidé de monter en ville. Pour sortir du port, pas de problème, on a dû me prendre pour un docker refusé à l'embauche. La matinée était bien avancée, il faisait toujours aussi froid. J'avais emmené un peu d'argent français, je suis allé prendre un café. Dans le bistrot, il y avait un baby-foot et des flippers, comme ici avant. J'aurais bien fait une partie de flipper, mais j'étais trop fauché. En suivant les indications des dockers, je suis allé vers le quartier algérien. Là, j'ai commencé à chercher du travail, en questionnant les gens autour de moi, j'ai obtenu quelques adresses de chantiers ou d'entreprises où on embauchait. Seulement chaque fois, c'était le même cinéma : je discutais avec le patron pour qu'on se mette d'accord sur le travail, sur le salaire, puis il me demandait mes papiers pour faire l'embauche. Je lui disais que je n'avais pas mes papiers sur moi, mais que je voulais commencer tout de suite. Chaque fois on me répondait : "Non, les papiers d'abord !". Et c'était fichu… Peut-être que si j'avais eu de la famille pour se porter garant, cela aurait pu marcher.

- Pourtant tu as bien de la famille en France, s'exclame quelqu'un !

- Oui, malheureusement pas à Marseille, à Lyon… Comme j'étais fauché, j'avais prévu de travailler un peu à Marseille pour me payer le train. Mais voilà, je n'ai jamais pu trouver de travail, sauf une fois, samedi dernier… Un coup de chance, en passant devant un restaurant, le patron gueulait parce que c'était dégueulasse devant chez lui et que la femme de ménage n'était pas venue. Je lui ai proposé de nettoyer pour un repas. Il a été d'accord. J'ai pu manger à ma faim dans l'arrière cuisine ; ce fut bien la seule fois en France. A deux ou trois reprises, je suis allé à la gare pour prendre le train en fraude… j'étais tellement sale que je n'ai pas osé passer sur les quais, j'avais l'impression que tout le monde me regardait, prêt à me tomber dessus. De plus, on me disait qu'à Lyon il faisait encore plus froid qu'à Marseille où j'étais déjà gelé… Je n'ai jamais pu me décider à prendre ce foutu train. J'ai cherché du travail quelques jours encore, puis, complètement découragé par la malchance, le froid, la faim, j'ai décidé d'aller au commissariat de police.

- Non ! c'est pas vrai ; tu es allé voir les flics ? laisse tomber Okba réprobateur.

- Ben oui, j'en avais tellement marre. Je leur ai inventé n'importe quoi… Que je m'étais trouvé par hasard sur un bateau en partance, que j'avais essayé de courir ma chance, mais que finalement je préférais rentrer à Oran. Je pense qu'ils ne se sont pas fait trop d'illusions sur ma situation… Au moins, ils ne m'ont pas passé à tabac comme je le craignais et m'ont simplement mis sur le premier paquebot pour Oran en me signalant à la police des frontières… Je sors de chez eux. Il faut maintenant que je paye mon voyage de retour… Ça ne fait rien, j'ai vu la France.

- Et nous, on va aller voir nos cours, fais remarquer le père, nous avons laissé passer l'heure. Allez, branle-bas de combat, les gars attendent à la porte !

AVRIL 1964

- Comment se fait-il que le café soit aussi dégueulasse ce matin ? s'exclame Joël en regardant sa tasse avec inquiétude.

- T'en fais pas, lui répond Jean Luc, avec les beaux jours reviennent les pénuries d'eau. Nous avons droit à l'eau saumâtre.

- Mais c'est imbuvable !

- C'est bien mon avis, mais à moins de déjeuner au calva, je ne vois pas le moyen d'y échapper.

- On pourrait au moins faire le jus avec de l'eau minérale.

- C'est pourtant vrai, reconnaît Jean Luc. Et dire qu'on n'y avait pas pensé ! A force de voir les vieux pieds-noirs boire leur anisette à l'eau saumâtre, on se prenait vraiment pour des cons de penser qu'il pouvait en être autrement.

- Ah bon ! Parce qu'ils osent dénaturer leur anisette avec ça ?

- Question d'habitude que veux-tu ; il n'y a pas si longtemps, c'était la seule eau à Oran. Les premiers temps qu'il y a eu de l'eau douce, certains vieux n'arrivaient pas à boire leur café.

- Tu parles d'un pays de fous, conclut Joël.

- C'est vrai que la journée démarre mal, avoue Guy ; mais si vous saviez ce qui vous

155

attend à la crypte, vous estimeriez que vous n'avez pas vu le pire.

- A ce point-là, s'étonne Pascal ?

- Je ne voudrais pas vous décourager tout de suite, mais prenez tout de même votre courage à deux mains.

Le père sort de la cuisine, muni d'une glacière.

- Tout le monde est prêt ? On y va.

Arrivé à la crypte, le père a éclairé. Dans la lumière crue, le bric-à-brac est impressionnant.

- Vu, rigole Joël, je préfère boire de l'eau saumâtre en vous regardant travailler ; ce sera une moins dure épreuve.

- On sera sans doute tout content de boire quand on aura avalé les tonnes de poussière que va soulever un tel remue-ménage, lui répond Pascal.

- Par quel bout on attaque ? s'inquiète Jean Luc.

- Après avoir jeté un premier coup d'œil avec Guy, il semblerait qu'il faille sacrifier la nef de droite. Par contre, il faudrait pousser tout le reste au fond pour libérer la partie de gauche et un espace maximum au centre. Au fond, à gauche, derrière tout ce foutoir, on devrait trouver les plateaux qui servaient pour la buvette de la kermesse. Il y en a sans doute suffisamment pour installer des cloisons de fortune.

- Alors, on attaque, déclare Pascal. Le mieux est peut-être de faire la chaîne pour enlever les plus petits éléments. Moi, j'attaque le tas, je me sens une âme de démolisseur.

- D'accord, mais commencez à trois à empiler au fond de la nef centrale ; avec Guy, nous allons essayer de gagner un peu de place à droite en regroupant les vieilleries de la cathédrale.

Une paire de cymbales lui passant dans les mains, Jean Luc ne peut s'empêcher d'en tirer une sonnerie retentissante qui se répercute longuement sous les voûtes.

- Du calme, intervient le père, il vaut mieux ne pas attirer l'attention et faire inutilement envie aux gens.

Le travail reprend, sans musique mais non sans commentaires.

- D'ici à ce qu'on retrouve là-dessous un stock d'armes de l'O.A.S., il n'y a pas loin, remarque Guy.

- Sincèrement, je ne pense pas qu'il y en ait ici, répond le père, bien que le cas se soit produit ailleurs.

- J'aime autant, dit Joël ; ce serait con de sauter sur une grenade en débarrassant une crypte après avoir demandé de ne pas faire un service militaire actif.

Le travail continue. Maintenant tout le monde fait la chaîne, Pascal laissant systématiquement de côté les gros éléments. Déjà, dans l'angle droit, un empilage hétéroclite monte à plus de deux mètres.

- Si on faisait une pause, propose le père, il y a de quoi boire dans la glacière, et pas de l'eau saumâtre !

- Ça, c'est une riche idée, approuve Jean Luc.

Chacun sirote sa bière. Joël et Jean Luc se sont affalés dans de grands fauteuils en cuir. Pascal promène un regard scrutateur sur le chantier :

- Je crois qu'il va falloir changer de stratégie si on ne veut pas faire de conneries.

- Pourquoi ? demande Guy.

- Parce que si on garde tous les gros éléments pour la fin, on risque de perdre de la place. Il est facile d'empiler des vases sur des fauteuils, l'inverse n'est guère indiqué.

- C'est pourtant vrai, apprécie Jean Luc.

- Alors y'a qu'à, déclare Joël en jaillissant de son fauteuil, prêt à reprendre le travail.

La matinée tire à sa fin, le déménagement aussi, heureusement. Bientôt on aperçoit dans le coin gauche les plateaux dont le père a parlé.

- Tiens, s'exclame Pascal, il y avait des archivistes parmi vos paroissiens ?

- Pourquoi ?

- Je vois là des paquets de journaux et de revues soigneusement empaquetés et ficelés.

Le père approche et finit de dégager les volumineux colis. Puis il fait sauter les liens de l'un d'eux. C'est toute la collection des "Echos d'Oran" de la période de la guerre d'indépendance. Les autres paquets doivent regrouper d'autres séries de journaux et de revues de la même période.

- Nous les monterons dans le jardin derrière la sacristie pour les brûler, décide le père.

- Tu parles de rigolos, ils n'étaient même pas capables d'imprimer un journal correctement, s'exclame Pascal qui vient d'en prendre un sur la pile. Regardez, la dernière page est imprimée à l'envers ; et pourtant il s'agit d'une déclaration du général Salan.

- Ce n'est pas une erreur, précise le père, mais un moyen pour attirer l'attention des gens.

- C'est à peine croyable, laisse tomber Jean Luc.

- Et pourtant c'est vrai, reprend le père.

- Ça vaudrait tout de même le coup de les garder, propose Guy, ce sont des documents intéressants sur la période.

- Je suis bien d'accord avec toi, reconnaît le père ; mais tu risques autant d'ennuis à détenir un tel journal qu'à détenir une arme. Non, je préfère les brûler.

Chacun se saisit d'un paquet pour le transporter provisoirement au pied de l'escalier. Puis le travail reprend et bientôt l'espace est dégagé. Guy évalue à l'œil la dimension des panneaux :

- Ça devrait aller juste au poil pour fermer l'espace entre les piliers. Pascal, donne-moi un coup de main qu'on vérifie tout de suite.

Sitôt dit, sitôt fait, effectivement ça colle à peu près.

- De plus, ajoute le père, il doit y avoir des bâches derrière si je me souviens bien ; on pourra les étendre sur ce bric-à-brac pour tout camoufler, ce sera plus prudent.

- Il sera aussi préférable que l'un de nous deux installe sa classe ici pour avoir l'œil, dit Guy. Mais pour l'instant on ferait peut-être aussi bien d'aller prendre l'apéro. On reviendra cette après-midi avec du matériel pour installer les panneaux et faire du nettoyage.

- Cette après-midi, oui, mais après la sieste, précise Jean Luc.

Tout le monde éclate de rire.

JUILLET 1964

Une fois terminées les épreuves du certificat d'études pour adulte, le rythme des vacances a repris ses droits. En plus du cinéma du dimanche qui se poursuit tout au long de l'année, il y aura les sorties à la plage du jeudi et le patro sera ouvert tous les autres après-midi. Les cours sont arrêtés.

En cette fin de journée écrasée de chaleur, les ardeurs se sont apaisées dans la cour. Les jeux plus calmes ont pris le dessus et de petits groupes se sont formés un peu partout, autour des tables ou simplement par terre, faisant claquer dominos, pions de dames et cartes dans un léger brouhaha d'où jaillissent parfois les cris d'une chamaillerie vite éteinte tellement la chaleur est accablante.

Guy et Joël, accoudés à la balustrade du premier étage, discutent tranquillement. Jean Luc et Pascal sont partis pour le mois de Juillet ; en Août, ils prendront la relève.

- On ne va pas tarder à fermer, constate Joël en consultant sa montre.

- Laisse courir encore un peu, répond Guy, ça me fatigue rien que d'envisager de faire bouger tout ce monde ; s'il ne tenait qu'à eux, ils resteraient bien là toute la nuit.

Tout à coup, quelqu'un tambourine à la porte du haut.

- Merde ! s'exclame Guy, il va falloir bouger… Alors, autant ne le faire qu'une fois et fermer la boutique.

Mettant ses mains en porte-voix, il crie :

- On va fermer, ramassez les jeux.

Comme ça tambourine de plus belle à la porte du haut, il lance :

- On arrive !

Grimpant l'escalier sans hâte excessive tandis que Joël fait le tour des groupes pour ramasser les jeux, Guy ouvre enfin la porte et se trouve face à Kouider rigolard :

- Ben alors, on roupille là-dedans !

- Kouider ! je ne pensais pas à toi, sinon je serais monté plus vite. Enfin ce n'est pas sûr, il fait tellement chaud. Mais je ne m'attendais pas à te voir ce soir.

- C'est que, mon vieux, je viens d'apprendre aujourd'hui qu'à partir de mercredi soir je suis en congé ; la boite ferme pour un mois… Alors, jeudi, on va à la plage ?

- Ma foi oui, et si tu viens, ça nous fera un renfort non négligeable : on ne pourra guère compter sur ceux qui viennent de passer leur certificat ; une fois fixés sur leur sort, réussite ou pas, tous se mettront à chercher du travail. On en saura plus tout à l'heure : Kadda et Okba, sont allés cette après-midi à l'Académie où on devait afficher les résultats. Ils ne vont pas tarder à rentrer.

162

Il ne peut en dire davantage, une meute hurlante envahit l'escalier pour aller se déverser dans la rue, les repoussant dans un angle du palier. Une fois passés les plus turbulents, arrivent les plus calmes qui prennent le temps de dire au revoir. La tête de Joël paraît au bas de l'escalier.

- Après ceux-là tu peux fermer, je m'occupe du portail de la cour… Tiens salut Kouider ; je mets tout le monde dehors et je vous rejoins.

Guy ferme la porte sur le dernier traînard et, en compagnie de Kouider, descend à la galerie du premier. Dans la cour, Joël, aidé par Nacer, pousse les derniers gamins vers la sortie, non sans provoquer les réclamations de certains :

- Oh M'sieur ! pourquoi tu ne m'as pas laissé terminer la partie ? Pour une fois que j'allais gagner M'sieur ; je lui avais déjà mangé dix pions et lui six seulement. J'allais faire une dame ; il ne pouvait plus m'arrêter, c'était comme si j'avais gagné.

- Mais tu n'as pas gagné rétorque son adversaire ; hein M'sieur qu'il n'a pas gagné puisque la partie n'est pas terminée… T'as pas gagné ! T'as pas gagné ! T'as pas gagné ! Braille-t-il en s'enfuyant à toute vitesse devant l'autre qui lui fonce dessus pour le convaincre avec des arguments plus frappants.

163

- Ouf ! Enfin seuls ! laisse tomber Joël en s'adossant au portail qu'il vient de fermer. Ça fait plaisir de retrouver du calme.

Avec Nacer, il remonte vers Guy et Kouider qui les attendent.

- Salut Joël, salut Nacer.

- Salut Kouider.

- Eh bien Nacer, s'étonne Kouider, tu n'es pas allé à l'Académie avec les autres voir les résultats du certificat.

- Hé non ! d'autant que ce n'était pas sûr qu'ils soient affichés cette après-midi ; et puis, il fallait bien donner un coup de main ici. Mais je ne vais pas m'attarder, Kadda et Okba m'ont dit en partant que s'ils n'étaient pas de retour avant la fin du patro, ils iraient directement sur la place.

- Et si on y allait tous, propose Guy. On sera informé ensemble, si toutefois les résultats étaient effectivement affichés

La proposition est tout de suite adoptée à l'unanimité.

En descendant vers la place par les ruelles du quartier, ils croisent les dockers remontant du travail, le tarbouch sur la tête et la veste sur l'épaule. Un peu plus bas, un petit marchand ambulant propose ses figues de barbarie : "Carmousse ! Carmousse !"

- Elles sont fraîches au moins tes figues, l'interpelle Kouider ?

- Bien sûr ! ya khouia ! se rebiffe le gamin, je les ai cueillies cette après-midi au Murdjadjo, regarde comme elles sont grosses et fermes.

- Combien tu les vends ?

- Douro[35] !

- Bon, je t'en prends deux douzaines, mais ashra douros la douzaine et tu les épluches… Allez, les amis, c'est moi qui paye pour arroser mes premières vacances.

- Saha ! acquiesce le petit marchand.

Sortant un couteau de dessous son plateau, il se met en devoir d'éplucher ses figues. Il faut une certaine dextérité et une grande habitude pour exécuter ce travail sans se mettre les doigts pleins des épines extrêmement fines qui parsèment la peau du fruit. On sent tout de suite que le garçon est très habile à cet exercice. D'une main il saisit la figue par les deux pointes dépourvues d'épines, la pose sur le bord de son chariot, de deux coups secs, tranche les extrémités et d'une incision transversale fend la peau qu'il entrouvre. Chacun à son tour prend à deux mains la figue ainsi préparée, finissant d'écarter les deux pans de la peau et arrachant avec les dents la pulpe fraîche et granuleuse au goût plutôt fade.

---

[35]Un

- Vous n'en voulez plus ? s'étonne Kouider en voyant Guy et Joël caler après la deuxième.

- C'est pas mauvais, s'excuse Joël, mais je ne suis pas habitué.

- Peu importe, rigole Nacer, on va se charger du reste !

Et ça ne traîne pas.

Une fois les figues englouties, Kouider sort de sa poche une pièce d'un dinar qu'il tend au garçon :

- Elles étaient bonnes, tu sais bien les choisir.

- Ya khouia ! Je connais les bons coins, répond l'autre avec un clin d'œil en poussant sa charrette vers le haut de la rue.

En arrivant sur la place après cette courte halte, ils aperçoivent un groupe compact près de l'échoppe de Baba Zébiri.

- Les voilà de retour ! s'écrie Nacer qui part comme une flèche.

Les autres moins motivés, le laissent aller, accélérant toutefois un peu le pas lorsqu'ils le voient, ayant fendu la foule comme un bulldozer, lancer ses deux bras au ciel avec un cri terrible de victoire.

- Alors, les résultats ? S'enquiert Guy auprès de Kadda et d'Okba assis sur la murette.

- Pour le moment, on sait seulement que Nacer a réussi, répond Okba. Quelle bagarre là-bas ! Il y avait beaucoup de personnes avant nous, et encore beaucoup sont arrivées après. Au moment de l'affichage la rue était grouillante. Les employés ont menacé de ne rien placarder du tout s'il n'y avait pas assez de calme. Les feuilles une fois punaisées, quelqu'un a entrepris de faire la lecture à haute voix ; mais ça criait trop, on n'entendait rien. D'un seul coup, ça s'est mis à pousser de toutes parts. Il fallait jouer des coudes pour approcher des panneaux, et quand on y arrivait, on n'avait même pas le temps de chercher sur les listes, on était éjecté tout de suite comme un fétu de paille. Finalement, certains ont arraché les feuilles pour aller les lire plus loin… Ça allait tourner à la bagarre générale quand on a entendu les sirènes des flics, sans doute alertés par le personnel de l'Académie. Nous avons pu récupérer au vol ce bout de feuille où est inscrit le nom de Nacer ; pour les autres, il va falloir attendre le journal de demain.

- Donc Okba, il te faut patienter toute la nuit pour savoir si tu es reçu ou non.

- Eh oui ! Espérons que ça sera bon, inch Allah !

Le père d'Okba intervient sans cesser de ressemeler ses chaussures :

- C'est bien beau d'apprendre, mais tu es tout de même en âge de gagner ta vie.

167

- Je sais, je sais, mais ce sera précisément plus facile de trouver du travail si je suis reçu.

- Si ce n'est pas le cas, tu pourras toujours suivre les cours du soir et tenter de nouveau ta chance l'année prochaine

- Si vraiment j'arrive à décrocher un travail sans avoir décroché le certificat, je laisserai tomber les études. Je n'aurai pas le courage de suivre les cours en plus du travail.

- Inutile de faire trop de plans sur la comète, attendons demain pour être fixés.

- Ne te casse pas la tête, s'exclame Nacer tout à la joie de son succès ; reçus ou pas, demain on se met tous ensemble en quête d'une embauche. C'est bien le diable si en cherchant sérieusement on ne finit pas par trouver quelque chose.

- Il y en a tellement qui cherchent déjà du travail et n'en trouvent pas… Il ne faut pas se faire d'illusion, ce sera dur dit Kouider.

- A propos, l'interrompt Kadda, il n'y aurait pas de la place chez Bastos ?

- Je veux bien me renseigner, mais je ne crois pas qu'ils prévoient de l'embauche pour l'instant.

- Oh ! à demain les soucis, s'écrie Nacer, Ce soir c'est la fête !

Et, ce disant, il saisit un tabouret dans l'échoppe de Baba Zébiri, le coince sous son bras, telle une darbouka, et tire de ce piètre instrument des rythmes sourds et endiablés qui ramènent tout le monde en cercle autour de lui.

Joël et Guy sont restés appuyés au mur dans l'embrasure de la boutique, regardant les gamins se trémousser au milieu du cercle, envoûtés par le rythme. Baba Zébiri resté à sa place, a laissé le marteau et frappe dans ses mains tout en disant :

- C'est beau d'être jeune et de se nourrir d'espoir… Pourvu que le réveil ne soit pas trop brutal pour ceux-là.

- Oh ! Baba Zébiri ! ce n'est pas bien d'être pessimiste comme ça, le taquine Guy. L'Algérie a besoin de bras pour se reconstruire, ils ont raison d'espérer.

- Inch Allah ! réplique le chibani.

Le lendemain matin de bonne heure, Okba est à l'échoppe avec son père. Un petit marchand de journaux descend la ruelle tortueuse, qui dégringole vers la place, en criant :

- La République, El Djomhouria ! La république El Djomhouria !

- Ya khouia ! jib wahed[36], l'interpelle Okba qui est monté à sa rencontre.

- Arba[37] douro.

---

[36] Donnes en un
[37] Quatre

Okba tend une pièce de vingt centimes et prend un journal. Tout en feuilletant fébrilement les pages, il va s'adosser au mur et cherche un moment car les résultats du brevet sont aussi publiés ; cela explique la masse de gens qui attendaient les résultats hier. Ayant trouvé la page qui l'intéresse, il la parcourt rapidement.

- Merde, ce n'est pas de chance. Laisse-t-il tomber en constatant que son nom n'est pas sur la liste.

- Puis, fixé sur son sort, il entreprend de lire plus méthodiquement la liste en redescendant vers la place.

- Alors, c'est raté, lui lance son père de son échoppe en voyant sa mine désappointée.

- Eh oui, c'est raté pour moi et pour Djamel ; par contre Kadda a réussi, Rezgui aussi, et même Fawzi ; je me demande bien comment il a pu faire celui-là ?

- Mektoub[38] ya weldi ! Maintenant tu vas devoir trouver une embauche vite fait ; on est nombreux à la maison, ce que je gagne ne suffit plus à nourrir tout le monde.

- Oui, je vais aller ce matin avec les autres, peut-être que la chance me sourira de ce côté-là.

- Mais oui tu auras la chance !

---

[38] C'était écrit

C'est Rezgui qui arrive, avec lui aussi un journal sous le bras. Il continue :

- Si c'était possible, je te laisserai bien mon diplôme, tu le mérites autant que moi. Et moi, il ne me sert à rien puisque j'ai ma place sur le bateau. Je ne vais pas en changer sous prétexte que j'ai mon certificat.

- Tu es un frère, Rezgui, mais ce que tu proposes n'étant pas réalisable, je vais chercher du travail et en trouver un, bessif… On n'a pas conquis notre indépendance depuis deux ans pour se laisser crever de faim.

Sur ces entrefaites, Kadda et Nacer arrivent aussi. Kadda s'approche d'Okba.

- J'ai lu le journal ce matin, tu as raté, Djamel aussi ; mais ça ne fait rien, vous venez tous les deux avec Nacer et moi pour chercher un emploi. Fawzi ne vient pas avec nous, Nacer l'a vu hier soir, il a un piston pour entrer dans la police.

- Et il lui a expliqué comment il a bien pu réussir ?

- Oh ! Il n'a rien dit, mais ceux qui connaissent un peu la famille ont vite compris. Son jeune frère a passé son certificat d'études scolaire l'année dernière ; il a trois ans de moins que lui, mais on leur donnerait le même âge, ils se ressemblent beaucoup. Surtout que depuis quelques temps son frère se laissait pousser la barbe pour se vieillir un peu. Il s'est présenté à la place de Fawzi avec sa carte d'identité. Les examinateurs n'y ont vu que du feu ; ma foi, tant mieux pour lui. Tiens, voilà Djamel, on va pouvoir y aller.

Aussitôt les quatre amis se mettent en route, empruntant l'escalier raide qui de la place descend vers le port de pêche. Arrivés là, ils prennent à droite la route qui vient de la corniche et longe les quais. Il y a un bon kilomètre jusqu'à l'entrée du port de commerce où se trouve la direction des Ponts et Chaussées. Si le port de pêche garde une certaine activité, celui de commerce, lui, est bien calme. Quelques rares petits cargos sont à quai. Seule la gare de voyageurs connaît une animation passagère car un des deux départs de la semaine pour Marseille a lieu en fin de matinée.

- Ça change de l'activité d'avant l'indépendance, remarque Okba.

- Bien sûr, répond Kadda, mais cette activité d'avant l'indépendance était en grande partie pour l'armée française et profitait aux pieds-noirs. Son ralentissement ne nous a rien enlevé à nous, nous n'y participions pas… Mais ça finira bien par redémarrer un jour, et ce jour-là, c'est à nous que ça profitera, et pas à d'autres !

- Tu as raison Kadda, mais il ne faudrait pas que ce jour tarde trop.

Tout en discutant, ils sont arrivés sous les falaises de la rampe Vallès où nichent des centaines de pigeons dont les excréments souillent abondamment les rochers.

- Passons sur le trottoir d'en face, propose Djamel, parce que, indépendance ou pas, les clients du dessus lâchent toujours autant de merdes et que ce n'est pas le moment de s'en ramasser une… Ça impressionnerait mal un employeur éventuel.

Les trois autres lui emboîtent le pas en riant. La route, qui à présent surplombe légèrement le port, permet au regard d'atteindre les derniers bassins. Un quai semble garder une certaine activité : celui des pinardiers.

- Au moins une exportation qui a dû s'accroître depuis l'indépendance, Tout le vin que les pieds-noirs et l'armée ne boivent plus, on va pouvoir le vendre !

- Oui, mais on dit que la productivité a déjà bien baissé ces dernières années, précise Okba.

- On dit tant de choses pour nous démoraliser, rétorque Kadda. La vigne, c'est tout de même bien nous, les Algériens, qui l'avons cultivée, taillée, entretenue. Pourquoi les ouvriers travailleraient-ils moins bien maintenant qu'ils sont en domaines autogérés que lorsqu'ils avaient un patron ?

La conversation en reste là, car ils sont arrivés devant la Direction des Ponts et Chaussées. Le petit groupe marque un léger flottement. L'instant est empreint d'une certaine solennité pour eux : après en avoir tant parlé, ils vont faire leur première démarche concrète pour rechercher un emploi. Le trac les saisit. Ils aimeraient bien être une heure plus tard.

Nacer secoue un peu les autres :

- Bon, allons-y. On ne va pas rester là devant cette porte comme un qui mijoterait un mauvais coup. On ne veut rien leur voler, simplement leur demander du travail.

Tout en parlant, il a traversé la rue et les autres l'ont suivi. La barrière du poste de garde est fermée ; et comme ils restent là, indécis à nouveau, le gardien sort de son bureau.

- Qu'est-ce que vous voulez ?

- On vient voir pour l'embauche.

- L'embauche, y'en a pas, répond le cerbère en montrant une pancarte sur la porte de son repère ; on peut y lire : "Pas d'embauche jusqu'à nouvel ordre."

- Mais on a notre certificat d'Etudes, insiste Kadda, croyant encore qu'un tel diplôme peut inverser le cours des choses.

- Certificat ou pas, y'a pas d'embauche. Encore si tu étais technicien ou ancien moudjahidine, je te dirais d'attendre l'ouverture des bureaux d'ici une demi-heure ; mais, de toute façon, il n'y a pas d'embauche.

- Saha ya khouia ! Saha ! Il ne faut pas t'énerver; il n'y a pas d'embauche ici, on va aller voir ailleurs. Il y a bien du travail quelque part en Algérie pour des jeunes qui ont du courage.

Et les quatre amis se dirigent vers l'escalier qui, derrière le bâtiment, rejoint directement la rampe Vallès. La montée se fait silencieusement. Pour une première démarche, ce n'est guère encourageant. Djamel hasarde :

- Tu as vu ce gardien, un vrai con… On n'est pas des chiens galeux pour qu'il se permette de nous parler comme ça… Rien qu'à voir sa gueule, même s'il avait eu du travail à nous proposer, je crois que je l'aurais refusé.

- Ne parle pas comme ça, le reprend Kadda ; ce n'est qu'un gardien, et on risque d'en rencontrer pas mal du même genre avant de trouver du travail.

- C'est égal, à quoi ça sert d'avoir conquis l'indépendance si le dernier des chaouchs nous traite pire que nous traitaient les pieds-noirs !

- Plutôt que de nous monter la tête, l'interrompt Nacer, si nous prenions un café sur la place d'armes avant d'aller à la mairie ? Pour le moment, les bureaux doivent être fermés.

- Moi, je voudrais bien, répond Okba, mais je n'ai plus un douro.

- Ce n'est pas un problème, dit Nacer, je paye pour arroser mon succès.

- Dans ce cas, ce n'est pas de refus.

Ils s'installent à la terrasse d'un café, à l'angle du théâtre, regardant le ballet des bus pris d'assaut par une population laborieuse qui se hâte vers son travail.

- Ça ne doit pas être marrant de prendre le bus chaque jour, entassés comme des sardines et ballottés comme dans un panier à salade, remarque Okba, au moment où un bus poussif passe devant eux.

Il est tellement surchargé qu'une grappe humaine est pendue à la porte arrière que le receveur n'a pas pu refermer. On l'entend d'ailleurs qui s'époumone à l'intérieur :

- Gudam ! Gudam ! Irham waldik[39] !

Tous les quatre le regardent passer devant eux dans un épais nuage de fumée noire et une pétarade effroyable. Kadda reprend :

- Si c'est pour aller au travail, je crois qu'on accepte beaucoup de choses. Mais c'est vrai qu'ils pourraient faire un effort pour les transports en commun.

Un petit cireur passe, sa caisse sous le bras, la martelant en cadence du dos de sa brosse à reluire. Il jette un coup d'œil à la terrasse du café, pas de clients en perspective.

- Ya Ahmed ! lui lance Djamel.

Le gamin se retourne et, réflexe professionnel, regarde les chaussures de celui qui l'a appelé :

- Tu veux que je cire tes tennis ?

---

[39] Avancez, avancez s'il vous plaît.

- Eh non ! D'ailleurs elles ont tellement de trous qu'il faudrait que tu me cires aussi les pieds. Je voulais simplement te demander si les affaires marchaient ?

- Chouia, chouia ! Mais si tu veux faire fortune, il vaut mieux trouver autre chose !

- Et tu comptes trouver beaucoup de clients à cette heure-ci ?

- Les clients à cette heure-ci, ils sont beaucoup trop pressés ; si je suis déjà dans la rue c'est que mon vieux m'a foutu à la porte ce matin parce que je n'ai pas ramené assez d'argent hier. Il faut dire qu'avec la chaleur, beaucoup de gens laissent leurs chaussures de cuir pour prendre des chaussures de toile : ça tue le métier.

- Okba intervient : chouf[40] le roumi qui vient de s'installer à l'autre bout de la terrasse.

En effet, un européen bien mis s'est assis à une table, dépliant son journal. Apparemment, il n'est pas pressé.

- Tu as raison, je vais tenter ma chance.

Il s'avance tranquillement, fait une inspection rapide du client : les chaussures sont en bon état mais n'ont visiblement pas été cirées ce matin. Le gamin tambourine sur sa caisse sans arriver à attirer l'attention de l'homme. Comment lui faire sortir la tête de son journal ? Surtout ne pas irriter le poisson, sinon il ne mord pas à

---

[40] Regarde

177

l'hameçon. Enfin l'homme tourne une page et le gamin en profite aussitôt pour attaquer :

- Tu veux que je cire tes chaussures M'sieur ?

- Hein ! Quoi ! Mes chaussures ? Mais voyons ce n'est pas la peine, proteste le client qui veut se replonger dans sa lecture.

- Mais M'sieur, tu vas peut-être aller voir une dame, et, si tes chaussures ne brillent pas, elle ne sera pas contente.

- Mais non, je ne vais pas voir une dame ; laisse-moi donc lire mon journal.

- Mais M'sieur, si tu ne vas pas voir une dame, tu vas voir un patron ou un autre monsieur bien et il faut avoir des chaussures bien cirées… Et puis, je ne gênerai pas, tu pourras continuer à lire ton journal.

- C'est bon, lui répond l'homme mi-agacé mi-amusé. Et ça va me coûter combien ?

- Un dinar pour les deux, c'est pas cher.

- Et pas la peine de cirer les chaussettes, elles sont propres, précise le client avant de se replonger dans son journal.

- Oh M'sieur ! Faut pas dire ça, Rachid ne travaille pas kif kif el hallouf[41] !

Et, ce disant, il fait un clin d'œil aux quatre amis qui n'ont rien perdu de la scène. Déjà

---

[41] Le cochon

178

la boite de cirage et le chiffon sont sortis de la caisse ; d'un claquement impératif de la brosse sur cette dernière, il indique au client qu'il est prêt. Celui-ci, sans quitter son journal des yeux, pose son pied droit sur la caisse. Aussitôt le gamin s'active.

- Bon, décrète Kadda, il est temps d'y aller, la mairie doit être ouverte depuis un quart d'heure.

- Eh cousin ! lance Nacer à l'adresse du serveur, ça fait combien ?

- Ashrin[42] douros.

Nacer jette un dinar sur la table et file rejoindre les autres qui ont pris les devants.

Les quatre ont ralenti la cadence à l'approche de la mairie. Parvenus au pied du grand escalier, ils se concertent pour savoir où se présenter pour l'embauche ; aucun n'est au courant.

- Je sais que là, explique Djamel, on fait les papiers d'identité ; plus loin ce sont les guichets pour les légalisations de documents... De l'autre côté, il y a les guichets pour les déclarations de naissance ; j'y suis allé l'année dernière avec mon père pour déclarer ma petite sœur. Sur l'autre rue, il y a l'entrée des voitures, et derrière, il y a une autre porte, toujours

---

[42] Vingt

fermée… Mais pour l'embauche, je ne sais pas où c'est.

- Montons toujours là, tranche Okba, nous trouverons bien quelqu'un pour nous renseigner.

Ils gravissent les degrés, bousculés par des gens, courant sans doute à quelque rendez-vous urgent, et arrivent dans l'immense hall d'entrée, fermé au fond par une balustrade de pierre d'où la vue plonge sur la cour intérieure. A droite de longues files stationnent devant des guichets signalés par des panneaux : « Identité », « Légalisation »… En face un escalier monumental dessert les divers niveaux.

Comme ils sont là, tournant sur eux-mêmes, le chaouch sort de sa guérite et s'approche d'eux :
- Que cherchez vous ?
- L'embauche.
- Alors ressortez, contournez le bâtiment par la droite et présentez-vous à l'entrée des véhicules.
- On aurait plus vite fait en prenant l'escalier intérieur, suggère Djamel.
- Ah non ya khouia ! C'est réservé au service !

Ils n'insistent pas et ressortent par où ils sont venus. Les voilà sous le porche d'entrée des véhicules. Effectivement sur une porte vitrée, à gauche, est écrit : « BUREAU D'EMBAUCHE ». Kadda frappe et pousse la porte. La pièce est tout en longueur avec un comptoir au fond et un banc qui court sur tout le côté gauche. Là se trouvent assis une douzaine d'hommes. Derrière le guichet, un agent administratif demande des renseignements à un grand diable qui, debout devant lui, essaye de se faire convainquant :

- Ce que je faisais pendant les évènements ? Je travaillais pardi !

- Et où travaillais-tu ?

- J'étais coursier chez un transitaire au port. Mais il vient de fermer pour partir en Espagne, et je suis sans travail.

- Alors, pendant que les autres se battaient, toi, tranquillement, tu travaillais chez un Pied-Noir ! Ya khouia, ce n'est pas bon pour ton dossier.

- Ah non sahbi ! Il ne faut pas dire ça. Mon père et mon frère ils ont fait la guerre et ils ont été tués, ce sont des chouadas. Et moi, je suis resté près de ma mère et de mes cinq jeunes frères et sœurs. Oui, j'ai travaillé chez un pied-noir ; mais toi, tu en connais beaucoup des algériens qui embauchaient pendant la guerre ? Par ailleurs tous les renseignements que j'ai pu avoir sur le trafic du port, je les ai toujours fait parvenir au F.L.N., j'en ai la preuve. Et ma paye, elle servait à faire vivre ma famille bien sûr, mais aussi mon père et mon frère ; à part l'armement, ils n'ont rien coûté à l'armée de libération. S'il n'y en avait pas eu beaucoup comme moi pour travailler et donner leur argent pour la cause, crois-tu que nous aurions gagné la guerre ?

Durant cette sortie outrée, le gratte papier est resté sidéré, le crayon en l'air, gêné malgré tout. Il essaye de calmer l'autre :

- C'est bon, c'est bon, smaali[43] ya khouia ; excuse-moi, tu peux partir.

- Comment ça, je peux partir ? Mais ce que je viens de te dire, il faut le noter sur mon dossier. Mon père Mohammed et mon frère Rachid, chouadas tués dans l'Ouarsenis. Et les renseignements que j'ai fournis au lieutenant Ben Maamar, note aussi là, sur le papier.

Le jeune fonctionnaire hésite encore malgré l'indignation de l'homme qui lui désigne du doigt le bas de la feuille où il veut que soit inscrit ce qu'il vient de dire. Un murmure approbateur parcourt la file d'attente ; une voix s'élève :

- C'est vrai ça, ce n'est pas la peine d'avoir conquis notre indépendance si c'est pour être traités comme avant dans les administrations. On n'est pas des chiens.

- Saha ! Saha ! capitule le scribouillard, je vais noter, je vais noter.

Debout, très digne, le grand diable le regarde écrire. Quand tout est noté, il dit au gratte-papier : « C'est bien », et gagne la sortie.

---

[43] Excuse-moi mon frère

182

Les candidats se succèdent devant le fonctionnaire qui, passagèrement maté par la scène qui vient d'avoir lieu, s'abstient de faire des remarques désobligeantes. C'est bientôt au tour des quatre amis ; et lorsque retentit le traditionnel : « Au suivant », ils se présentent tous ensemble devant le comptoir.

- Mais je ne peux pas vous inscrire tous à la fois !

- C'est qu'on est ensemble, explique Kadda ; on vient tous les quatre de passer notre certificat d'études pour adultes et nous cherchons une place d'employé de bureau.

- Aïwa ! C'est différent. Ici je n'inscris que les candidatures aux postes d'agents de service. Pour les employés de bureau, le recrutement se fait par concours : un concours interne si on travaille déjà dans les services municipaux, un concours externe pour les autres. Vous pouvez vous inscrire à ce dernier qui aura lieu en septembre ; tous les renseignements concernant les démarches vous seront donnés dans la presse en temps utile.

Ce discours les laisse sans voix. C'est fort perplexe qu'ils se retrouvent dans la rue.

- Ça me dégoûte, dit Okba, faites ce que vous voulez, moi je rentre.

- J'ai bien envie de t'accompagner, renchérit Djamel.

- Faut pas déconner, intervient Nacer ; on avait décidé d'aller aussi à la F.P.A[44] ce matin et il n'est même pas dix heures, nous avons largement le temps d'y aller.

- Non, moi je pars, tu viens Djamel ?

- Quand tu fais ta mauvaise tête, Okba, on te connaît assez pour savoir qu'il n'y a qu'à attendre que ça te passe. Mais toi, Djamel, viens avec nous. Si à la deuxième démarche on se dégonfle, c'est sûr qu'on ne trouvera jamais de travail.

- C'est bon, je vais avec vous, décide Djamel.

- Alors, pra l'kheir, dit Okba qui tourne le dos aux trois autres et s'en va.

- Sacré Okba, grommelle Kadda, c'est un bon copain, mais son sale caractère n'a pas fini de lui jouer des mauvais tours.

Tous trois, montant vers la rue de Mostaganem pour rejoindre la F.P.A. passent devant la gare routière grouillante de voyageurs patientant devant les guichets ou prenant d'assaut les cars, empêtrés dans leurs bagages hétéroclites.

- On se demande où peuvent bien aller tous ces gens ? s'étonne Nacer, lui qui n'a jamais pris ce moyen de transport que pour aller à la plage avec le patro.

---

[44] Formation Professionnelle des Adultes

Un car démarre devant eux, Djamel qui lit le panneau de destination remarque :

- Ils vont à Marghnia, Ils seront cuits à point en arrivant là-bas cette après-midi !

Tous trois rient de bon cœur. Ils arrivent en bas de la rue de Mostaganem, à hauteur de la cathédrale d'où sortent trois prêtres en soutane venant dans leur direction.

- Fou n'a l'bou[45] ! murmure Nacer au moment où ils les croisent.

Puis, détournant la tête, il crache dans le caniveau.

- Pourquoi dis-tu ça, s'étonne Djamel ? le père aussi est un marabout roumi, et tu ne dirais pas ça de lui.

- Le père, c'est différent, mais les autres, tous les autres, c'est des racistes ! Ce qu'ils ont dit et écrit dans les journaux avant l'indépendance, il ne faut pas l'oublier.

- Oui, mais c'était la guerre.

- Bien sûr, c'était la guerre ; et eux, à leur manière, ils ont soutenu ceux qui nous faisaient la guerre. Et ça, ils n'auraient pas dû !

- C'est vrai, intervient Kadda ; mais c'est le passé, maintenant il faut oublier.

Ils poursuivent leur chemin en silence quelque temps. Le soleil commence à chauffer solidement et la rue monte. Peu à peu, leur allure

---

[45] Honte à ton père

se ralentit sensiblement ; néanmoins, les voilà bientôt au pied de la cité Perret, cet immense immeuble aux nombreuses cicatrices laissées par la guerre. Seuls les premiers étages sont encore habités. Tout le haut est à l'abandon car privé d'ascenseur, d'eau et d'électricité. Les galeries marchandes du rez-de-chaussée sont aussi abandonnées. On dit que la nuit tombée, il vaut mieux ne pas s'y aventurer, car c'est devenu le repère de nombre de mauvais garçons d'Oran. Même les patrouilles de police ne s'y aventurent pas.

Voici enfin boulevard Colonel Abderrazak et la F.P.A.

- C'est pas trop tôt, soupire Djamel.

Ils entrent dans le hall ; sur la droite au-dessus d'un guichet est inscrit : "Accueil". Une dactylo s'applique sur sa machine ; son texte fini, elle lève les yeux vers les arrivants :

- C'est pour vous inscrire à un stage ?

Les trois hochent la tête affirmativement.

- Alors, vous montez au premier. Vous frappez à la porte en face des escaliers et vous attendez qu'on vous dise d'entrer.

- Saha Okhti lui répond Kadda avec un grand sourire.

Ils montent à l'étage et frappent à la porte indiquée.

- Oui, entrez.

Tous trois entrent dans le bureau.

- Un seul à la fois, précise l'homme assis derrière une pile de dossiers.

- On préférerait rester ensemble, répond Kadda.

- Dans ce cas, c'est comme vous voulez, ça me fera gagner du temps. Vous venez pour vous inscrire à un stage je suppose ?

Devant leur hochement de tête affirmatif, l'homme poursuit :

- Quel est votre niveau d'études ?

- Le certificat, répondent-ils d'une seule voix.

- Bien ; malheureusement je n'ai pas grand-chose à vous proposer. Dans les professions du bâtiment, les stages sont complets jusqu'à la fin de l'année. Il ne me reste en fait de la place que pour un stage d'ébéniste qui commencera en septembre. Mais c'est vrai que l'ébénisterie n'a pas beaucoup de débouchés en ce moment. Il y a aussi des places disponibles pour un stage de soudeur à la même date, mais c'est à Blida.

Les trois se jettent un coup d'œil dubitatif. Eux, qui avec leur certificat, se voyaient déjà gratte-papiers…

- Je sais, je sais, reprend l'homme, ce n'est guère encourageant, mais je vous le répète, c'est tout ce que j'ai à proposer. Si je peux vous donner un conseil, inscrivez-vous toujours à un stage ; de toute façon, pour que votre inscription

187

soit définitive, il faudra me remplir un dossier dont je vous donnerai le détail ; si d'ici la fin du mois vous ne l'avez pas remis, vous serez systématiquement rayés de la liste et d'autres prendront votre place. Vous voyez que le risque n'est pas grand.

Kadda se décide le premier :

- Le stage de soudeur m'intéresserait peut-être, mais Blida c'est loin ! J'ai bien de la famille à Alger, mais je ne suis pas sûr qu'elle puisse m'héberger.

- Il ne faut pas t'en faire pour cela, tu es logé et nourri gratuitement par la F.P.A. pendant la durée du stage. Tu n'auras rien à dépenser.

- Bon, alors je veux bien m'inscrire provisoirement ; mais combien de temps dure le stage ?

- Six mois ; alors, je t'inscris ?

- Oui. Et toi, Nacer, tu viens avec moi ?

- Non, jamais mon père ne voudra que je parte à Blida. Mais, puisque je ne risque rien, je vais peut-être m'inscrire en ébénisterie.

- Et toi, le troisième, que décides-tu ?

Ainsi interpellé, Djamel sort de son silence :

- Blida, c'est trop loin. Travailler le bois, ça ne m'intéresse pas. Tant pis, je continuerai à chercher autre chose.

- Bien, on en reste là. Vous deux, je vous donne un imprimé à remplir tout de suite, et un autre qui vous précise les pièces à fournir pour votre dossier.

Pendant que Kadda et Nacer s'installent sur un coin du bureau pour remplir leur demande d'inscription, le recruteur s'adresse à Djamel :

- Ainsi, vous avez le certificat d'études, ça doit faire quelques temps que vous avez quitté l'école ?

- C'est qu'on s'est présenté tous les trois au certificat pour adultes le mois dernier. Eux deux ont été reçus ; moi j'ai échoué, mais j'ai le niveau.

- Et vous avez étudié seuls pour vous présenter ?

- Non ! Il y a une école de rattrapage au quartier de la Marine, c'est là que nous avons repris et terminé nos études.

- Une école de rattrapage scolaire ! C'est exactement ce qu'il faudrait pour beaucoup de jeunes qui viennent dans les stages. On perd beaucoup de temps pour les mettre à niveau en enseignement général au détriment de l'enseignement technique. Mais votre école, elle est déclarée à l'Académie ?

- Oui, bien sûr !

- Alors il faudra que je voie l'Académie pour qu'elle me parle de cette expérience. Je crois que nous pourrions faire du bon travail ensemble. Ah vous autres ! vous avez fini ? Alors je ne vous retiens pas ; à bientôt j'espère, et bonne chance.

189

Les trois amis se retrouvent sur le trottoir.

- Ma fois, soupire Djamel, je n'ai plus qu'à continuer tout seul à chercher du travail.

- Ah non mon vieux, intervient aussitôt Kadda. On s'est inscrit là au cas où ; mais si d'ici septembre on trouve une vraie place avec une vraie paye, on laisse tomber la F.P.A. L'important pour nous, c'est de pouvoir gagner de l'argent le plus vite possible. Dès demain, on se remet en chasse. On pourrait aller voir l'OFALAC[46] au port et les fonderies Ducros à Gambetta ; qu'en pensez-vous ?

- C'est O.K. sahbi, approuvent les deux autres.

---

[46] Office algérien du tourisme

AOUT 1964

Par la fenêtre de la salle à manger, Guy contemple la cour du patro enfin replongée dans le calme en cette fin d'après-midi de dimanche. La séance de cinéma s'est terminée depuis tout juste un quart d'heure. La fièvre et la turbulence de la marmaille se sont évanouies à travers les rues adjacentes. Seule reste la chaleur encore accablante du soleil qui darde toujours ses rayons torrides bien qu'il soit déjà presque six heures du soir.

Guy tourne le dos à la fenêtre pour échapper aux bouffées d'air étouffantes qui montent du macadam surchauffé. Pascal est parti chercher des verres et le père sort des canettes du frigo.

- Voilà une bière qui sera la bienvenue, apprécie Guy ; on étouffe ici.

- C'est vrai, on se demande où on pourrait trouver un peu de fraîcheur, répond Pascal qui sort de la cuisine les verres à la main.

- Il faudrait aller piquer une tête dans la mer, mais c'est trop tard à l'heure qu'il est. On perdrait tout le bénéfice du bain dans les bouchons du retour, conclut le père.

- On pourrait peut-être monter à Santa Cruz, reprend Pascal, on n'y piquera pas une tête dans l'eau, mais il doit y avoir un peu plus d'air qu'ici.

- Pourquoi pas, il y a un bout de temps qu'on n'y est pas allé.

La route, en quelques lacets, s'élève rapidement au-dessus de la vieille ville et, laissant sur la gauche le quartier des 'Planteurs', s'enfonce dans la forêt de pins à l'assaut du Murdjadjo.

Bientôt, on attaque une longue rampe qui monte à flanc de montagne. Peu à peu, la forêt de pins se fait moins dense et, par de larges éclaircies, la vue plonge directement sur le port que seuls animent quelques voiliers de plaisance. La route s'élevant toujours, on découvre progressivement toute la ville d'Oran. Puis, petit à petit, ce panorama disparaît car on contourne l'éperon rocheux de Santa Cruz. Loin devant on voit poindre en pleine mer les digues de la rade de Mers El Kébir, lançant vers le large, comme un défi, la blancheur rectiligne de leurs superstructures de béton armé.

La voiture ralentit pour prendre le virage en épingle à cheveux qui ramène la route sur le flanc oranais de la montagne.

- Arrêtons-nous là un moment, propose Pascal, le temps est tellement clair aujourd'hui. C'est bien la première fois que je vois aussi bien la rade.

Le père stationne la voiture sur le terre-plein un peu plus large à cet endroit. Tous trois se retrouvent au bord du talus.

- On a peine à croire que l'escadre française a été coulée là en 1940, déclare Pascal. A voir ce plan d'eau si calme et si beau, l'idée de guerre ne vient même pas à l'esprit.

- Il faut toujours se méfier des impressions, elles sont souvent trompeuses, réplique le père. Quand on voit toutes ces montagnes qui entourent la baie, on a aussi de la peine à penser que c'est plus creux qu'un gruyère : elle abrite la base antiatomique. Depuis trente ans, on a dépensé un fric fou, on en dépense encore, et déjà cette base est condamnée, elle ne résisterait pas à l'explosion d'une bombe à hydrogène.

- Ça va faire de la place pour cultiver des champignons de couche, conclut Guy ; mais il faudra vachement en produire pour amortir l'investissement !

- Vous avez vu les bouchons sur la route de la corniche, fait remarquer le père ; heureusement que nous ne sommes pas partis à la plage.

- Oui, ça gâche le paysage. On continue la balade ?

La voiture a repris son ascension. Après le virage, le mouvement de terrain qui les avait amenés côté Mers el Kébir, les ramène maintenant côté Oran. Bientôt ils s'arrêtent sur le parking de la basilique. Cette dernière est fermée, seule reste ouverte une petite chapelle aménagée dans la roche au fond de l'esplanade. Devant une statue de la vierge brûlent quelques cierges tandis qu'un petit groupe de personnes se recueillent. Elles ont dû monter à pied car on ne voit pas d'autres voitures. Tous trois se dirigent de l'autre côté où la vue plonge sur Oran avec, au premier plan, le quartier de la Marine. On reconnaît l'ancienne cathédrale, le patro, la place et le groupe scolaire ; plus en retrait il y a la ville moderne et ses hauts immeubles. En fond de décor, droit devant, la plaine des « puits » qui ouvre la voie vers Arzew et son port méthanier. Sur la gauche, en forme d'immense rhaïma, la Montagne des Lions sur laquelle vient buter la mer. Sur la droite, la grande Sebkra d'Oran, grand lac salé, que cache en partie un ressaut du Murdjajo. Au-delà de celle-ci, fermant l'horizon en direction de Sidi Bel Abbes, les premiers ressauts de l'Atlas qui gardent la route du sud vers le Sahara. Au centre, entre la plaine des puits et la grande Sebkra, telle une chenille noire, un train s'éloigne lentement en direction d'Alger.

- Kadda vous a-t-il parlé de son éventuel départ pour Blida ? demande Guy au père.

- Ah non ! Il faut dire que depuis qu'il a décidé de chercher du travail, je n'ai guère eu

194

l'occasion de le voir. Et qu'a-t-il trouvé sur Blida qui puisse le décider à un tel déplacement ?

- En fait, il continue à chercher du travail, il préférerait rester à Oran. C'est la F.P.A. qui lui a proposé là-bas un stage de soudeur.

- Il a de la chance, soudeur est un métier d'avenir. Malheureusement les écoles professionnelles ont du mal à assurer un enseignement correct, leurs élèves ont un niveau scolaire trop bas au départ.

- On leur a dit la même chose à la F.P.A.

- On m'en a parlé aussi à l'Académie ; j'y ai été encouragé dans mon projet d'ouvrir un centre de préapprentissage, l'année prochaine.

- Où va-t-on l'installer ? On est bien trop à l'étroit au patro.

- C'est vrai, mais je sais où trouver d'autres locaux mieux adaptés dans un autre quartier. Enfin, il y a une année pour y penser.

- Alors, cette expérience je ne la vivrai pas ; car d'ici un an il faut vraiment que je pense sérieusement à trouver un vrai métier, regrette Guy.

- Tu as raison, sans BAC ni CAP, l'avenir est plutôt bouché.

- Moi non plus je ne serai pas là, dit Pascal. Mon service civil ne dure que deux ans.

- Ne vous inquiétez pas, j'ai déjà pris des contacts pour assurer le relais… Il vous restera le mérite d'avoir démarré cette expérience.

195

- On a peut-être eu du mérite, répond Guy, mais pour ma part, j'y ai surtout trouvé un grand enrichissement.

Tous trois se taisent et restent plongés dans un silence méditatif. Ils laissent leur regard errer sur la ville que l'ombre de Santa Cruz recouvre doucement, à commencer par le vieux quartier de la Marine. Derrière eux, le fort dresse sa masse de pierre sombre dans le flamboiement du ciel qu'embrase de ses derniers feux le soleil couchant.

OCTOBRE 1964

Le train vient de quitter Blida et déjà le martèlement de ses roues ébranle le pont métallique qui enjambe la Chiffa, cet oued qui s'étale au milieu de la plaine de la Mitidja et l'irrigue. De sa place, côté nord près de la fenêtre, Kadda découvre ce paysage de galets et de sable où serpentent à peine quelques filets d'eau en cette fin d'été. Il a choisi de se mettre du côté nord pour échapper aux ardeurs du soleil. Aujourd'hui celui-ci ne traverse qu'avec peine le triste manteau gris des nuages par de rares déchirures bleues vite effacées par le vent. De l'autre côté, vers le sud, le lit de l'oued s'étrangle brusquement en s'engouffrant dans les gorges qui portent son nom, fendant les contreforts de l'Atlas pour ouvrir une voie vers Médéa et les Hauts Plateaux.

L'oued franchi, le train continue sa route rectiligne à travers les champs d'orangers quadrillés de hautes haies d'ifs. Kadda peut voir les premiers fruits qui se teintent de jaune avant de virer à l'orange d'ici quelques semaines. Puis, peu à peu, la vallée se resserre, les abords se vallonnent, le rythme de la locomotive se fait plus heurté : le train se lance à l'assaut du col du Kandec par une profonde vallée. La végétation s'est transformée imperceptiblement, les orangers deviennent plus rares, tandis qu'apparaissent en grand nombre les eucalyptus sur les rives du petit oued que la voie ferrée vient serrer maintenant au plus près. Son lit presque à sec s'égaie d'énormes touffes de lauriers roses. Puis, petit à petit, les conifères font leur apparition et la couche de nuages se fait plus proche, laissant traîner de longues écharpes grises à flanc de montagne. Ce spectacle laisse Kadda morose ; la joie du retour à Oran près des siens n'arrive pas à rompre cet envoûtement mélancolique que lui impose la nature. Soudain, la montagne semble se dresser devant lui, à la verticale, comme à portée de main ; le plafond nuageux disparaît, la forêt de sapins se referme brusquement. C'est le noir complet et le claquement tout à coup infernal des roues sur le rail. Le train vient de se précipiter dans le tunnel qui franchit le col. Enfin, le vacarme perd de son intensité, l'allure se ralentit, et c'est presque dans un glissement feutré que le train revient à la lumière pour s'immobiliser presque aussitôt dans une petite gare perdue dans la forêt, au creux d'un vallon.

Kadda baisse la vitre et passe la tête par la fenêtre ; une plaque annonce : "Miliana". Le chef de gare, son drapeau sous le bras, remonte le quai venant vers lui.

- Où est Miliana, l'interroge-t-il ?

- Plus haut dans la montagne, à quelques kilomètres. Mais la voie ferrée n'y passe pas, c'est trop haut. Il y a juste une voie étroite pour descendre le minerai ; dans ce nid d'aigle, seules les mines et l'armée font vivre la population.

Sur ces mots, il lève son drapeau après un bref regard pour contrôler que tout est bien en ordre. Le train démarre en douceur, se laissant glisser vers la vallée. Kadda est resté à la fenêtre, goûtant à la douceur de l'air qui lui caresse le visage. De ce côté du col, l'atmosphère est plus chaude ; peu à peu, les nuages s'effilochent, s'accrochent désespérément aux flancs de la montagne, puis se dissolvent dans la clarté d'un ciel qui devient limpide et bleu. Le soleil inonde à présent la campagne et Kadda ne peut résister à l'envie d'en profiter un peu. Abandonnant son compartiment, il gagne le couloir du wagon et, baissant une fenêtre, plonge la tête dans le soleil et le vent. Alors se réveille en lui la joie, jusqu'alors assoupie, et qui maintenant le submerge ; dans quelques heures, Oran, les siens, les copains seront là. Depuis plus d'un mois, il s'est endurci pour ne pas se laisser gagner par la nostalgie, pour bien consacrer toutes ses forces à son travail. Pour la première fois, depuis son départ d'Oran, il se détend et se laisse aller à l'euphorie.

Le train ralentit de nouveau, amorçant une large courbe à droite qui l'amène à El Khémis. Kadda découvre l'immense plaine du Chélif fermée au sud, là-bas dans le soleil, par le massif de l'Ouarsenis dont la masse imposante jaillit de

199

la barre sombre des Hauts Plateaux. Mais déjà les premières maisons de la ville lui dérobent le panorama. Le train s'arrête dans un concert criard de freins surchauffés.

Une vague de voyageurs se prépare à prendre le train d'assaut ; pour ne pas perdre sa place près de la fenêtre Kadda revient s'asseoir dans le compartiment avant qu'il ne se remplisse, d'hommes surtout ; il n'y a qu'une seule femme assise près de la porte, enveloppée dans son voile qu'elle retient d'une main sur sa poitrine, laissant apparaître, à la mode algéroise, le haut de son visage : le bas est caché par le haïk. Dès le départ du train, une lourde torpeur s'abat sur les voyageurs mollement ballottés par les soubresauts du wagon. Kadda, dont le vent qui s'engouffre par la fenêtre ouverte balaye le visage, regarde se dérouler devant lui les immenses champs de chaumes des terres à blé de la haute vallée du Chélif.

Maintenant Kadda se laisse gagner par la torpeur générale, confortablement calé contre l'appuie-tête, le visage toujours baigné par le vent de la vitesse ; il ferme les yeux. De nouveau défilent dans son esprit les joies qui l'attendent à Oran : d'abord revoir la mer, elle lui a tant manqué tout au long de ces semaines. Il pensait la voir quand il a rendu visite au frère de son père qui habite près d'Alger ; mais à Birmandreis, du haut de son HLM, on ne voit pas la mer.

Descendre tout seul jusqu'à Alger, c'était au-dessus de ses forces… d'ailleurs, sans argent, comment faire ? Il pourrait en demander à ses parents, mais ne veut pas leur imposer de frais inutiles. La paye de son père docker suffit à peine à subvenir aux besoins de la famille. Ce voyage représente déjà pour eux une énorme dépense. Réussir ce stage est une nécessité pour justifier tous ces sacrifices. La direction de l'établissement l'a assuré d'une embauche s'il obtient son diplôme : ça lui permettra d'amener un salaire à la maison, pour que ses frères et sœurs plus jeunes aient la chance de suivre les études, ce qui n'a pas été son cas. Déjà, ce qui lui arrive n'aurait pas été possible ni avant ni pendant la guerre ; au mieux, il aurait pu être manœuvre au port, comme son père. Grâce à l'indépendance et à la possibilité qu'elle lui a offerte d'une formation, un bon métier lui est assuré avec une bonne paye.

Son voisin, en se levant, le bouscule et le tire de ses pensées.

- Smaali ya khouia.
- Maalich[47].

Puis, voyant qu'il tire sa valise du filet :
- Où arrive-t-on ?
- El Asnam.

El Asnam, pas possible, le temps est passé vite, il a dû s'assoupir. Le train ralentit pour

---

[47] Ce n'est pas grave.

entrer en gare ; une gare toute neuve, comme le quartier qui l'entoure, reconstruits l'un et l'autre après le tremblement de terre qui, quelques années auparavant, a rasé la moitié de la ville.

Beaucoup de gens descendent, mais peu de personnes montent : on sera plus à l'aise. Kadda attend que le train reparte et que les nouveaux arrivants s'installent pour retourner faire un tour dans le couloir.

Pendant qu'il somnolait, le train a traversé le Chélif ; maintenant il longe les contreforts de l'Ouarsenis dont les croupes arrondies et rocailleuses s'élèvent majestueusement au-dessus de la plaine, piquetées de pylônes de haute tension qui les escaladent dans l'élan aveugle de leur cheminement rectiligne. De loin en loin, le lit d'un oued allant se jeter dans le Chélif, se glisse entre les contreforts au fond de profondes gorges rocheuses où ne végètent que quelques maigres lauriers roses.

Les rayons du soleil se faisant trop ardents, Kadda revient s'assoir. Contrastant avec le paysage qu'il voyait du couloir, une grande plaine s'étale devant lui, fermée vers le nord par la chaîne de l'Atlas côtier. La plaine est quadrillée de réseaux d'irrigation délimitant d'immenses champs de cultures maraîchères. A l'approche d'Oued-Riou, commencent à apparaître les taches sombres des oliveraies mettant une note verte dans l'ocre des champs brûlés par l'été.

Après Oued Riou, Kadda découvre quelques khaïmas plantées au milieu des chaumes que broutent d'immenses troupeaux de moutons et quelques chameaux entravés. Un groupe de cavaliers, leurs chevaux harnachés pour la fête, galopent dans un nuage de poussière vers une caravane en train de s'installer près d'un bosquet d'eucalyptus.

La fête de Sidi Mohamed Benaouda sera belle cette année, déclare le voisin de Kadda, ils sont descendus nombreux des Hauts Plateaux.

Sidi Mohamed Benaouda, ce pèlerinage local des musulmans qui pour sa fête annuelle arrive à rassembler quinze ou vingt mille personnes autour de son piton rocheux sommé du marabout dominant la plaine, tel un phare perdu dans l'océan. Quelques années auparavant, Kadda a eu la chance d'aller à cette fête avec un de ses oncles. Il était petit et le souvenir est confus, fait du piétinement des chevaux dans la poussière et des longues courses de la fantasia sans cesse recommencées, ponctuées par les détonations des armes à feu. Il avait eu la chance d'admirer de près un de ces chevaux alezans, harnaché de cuir fauve richement incrusté de ce qui ne pouvait être, à ses yeux d'enfant, que de l'or et des pierres précieuses.

Un coup de freins tire Kadda de sa rêverie, le train ralentit. A un passage à niveau, un tracteur est arrêté, attelé à un immense plateau où s'entasse une famille entière, pêle-mêle avec la toile d'une khaïma et tout l'attirail du campement. Le troupeau doit suivre par petites étapes à travers champ. Bientôt sera révolue l'époque de la caravane majestueuse avançant au pas lent des chameaux lourdement bâtés. Le tracteur déjà remplace les chameaux ; combien de temps encore la khaïma pourra-t-elle repousser la sédentarisation, fruit inéluctable de la modernisation ?

Devinant les pensées de Kadda, son voisin lui dit :

- Ceux-là ont encore la chance de pouvoir vivre la vie libre qu'ils ont héritée de leurs pères ; mais leurs enfants qui vont aller à l'école sauront-ils garder le goût de la liberté... Ne risquent-ils pas de devenir des gratte-papier éteints ?

- Mais c'est important d'apprendre, proteste Kadda.

- Je sais, pourtant je crains que la fierté de leur âme résiste mal à l'attrait de la fausse facilité que leur fera miroiter celui qui viendra de la ville pour les instruire. Vaut-il mieux avoir beaucoup d'argent en ville, où on n'en a jamais assez, où se contenter de la vie rude et saine des hauts plateaux faite de liberté et de réflexion.

- De toute façon, le choix n'est plus possible maintenant ; il faut apprendre, c'est le seul moyen de donner du pain à tous ; je souhaite comme toi que ce ne soit pas au prix de la liberté.

- Inch Allah !

Le train s'est arrêté, l'homme a ramassé son sac d'une main et tend l'autre à Kadda :

- Pra l'kheir ya khouia ! J'ai été content de parler avec toi. Tu as raison, l'indépendance, on l'a eue, c'est à nous de faire que ce soit pour notre bien. Nos enfants connaîtront tous l'école, à nous de veiller à ce que ce soit pour eux une libération.

Le train repart, le compartiment est à nouveau plein, on sent l'approche d'Oran. Kadda ressort dans le couloir, il a des fourmis dans les jambes. La conversation de tout à l'heure lui donne à réfléchir : c'est curieux de porter en soi, sans en avoir conscience, des choses qui sortent toutes seules quand quelqu'un les provoque. Ses arguments lui paraissent évidents, mais c'est la première fois qu'il s'en rend clairement compte.

La course folle du paysage a repris, faisant surgir à ses yeux, dans une sarabande endiablée, les feuillages des orangers qui se piquent là d'un orange plus intense que dans la Mitidja. Puis, encore et toujours, les oliviers verts foncés dressés sur leurs troncs sombres et noueux. Dès que le terrain s'élève, que l'irrigation gravitaire ne peut plus se faire, le regard est de nouveau agressé par la lumière aveuglante des chaumes brûlés de soleil.

Avec la proximité d'Oran, les noms deviennent plus familiers : Mohammédia célèbre pour ses oranges, Sig et ses olives dont les plus belles sont grosses comme des prunes ; puis Oued Tlelat avec, vers le sud, au fond de la vallée qui s'enfonce en direction de Sidi Bel Abbes, les deux grandes cheminées fumantes de la cimenterie. Tout de suite, le train s'engage dans la région désolée des lacs salés qui, d'Arzew à Aïn Témouchent, entourent la ville d'Oran.

Kadda ne peut plus tenir en place, il prend son sac et se met à arpenter le couloir. Une large courbe de la voie lui permet de reconnaître, émergeant au-dessus de l'horizon, la barre sombre du plateau du Murdjadjo, flanqué sur la droite de l'éperon que surmonte le vieux fort de Santa Cruz. Puis ce sont les grands immeubles de la banlieue oranaise qui peu à peu apparaissent. Le train commence à ralentir en longeant le Petit Lac bordé de décharges fumantes ; ce Petit Lac où furent jeté, dit-on, tant de victimes françaises des tueries dans les derniers jours de la guerre… Mais on dit tant de choses.

Le train longe maintenant les caves Savignon et la grande brasserie d'Oran, toutes deux reconnaissables à l'imitation de minaret dont les pieds-noirs les avaient affublées. Le train ralentit encore pour entrer en gare. Dès qu'il a repéré de quel côté est le quai, Kadda ouvre la porte et descend sur le marchepied. Sans attendre que le train s'arrête, il saute sur le sol et file vers la sortie, se présentant le premier à l'agent qui contrôle les billets ; ce dernier lui dit :

- Ya khouia ! Il ne faut pas faire ça ; c'est ainsi que les accidents arrivent.

- Smaali ! Smaali ! s'excuse Kadda en franchissant le portillon.

Sorti sur l'esplanade, il se dirige vers la droite, où un escalier permet de rejoindre rapidement la rue de Mostaganem, et, toujours pressant le pas, descend vers la Place d'Armes. Arrivé là, deux options se présentent : le plus court est bien sûr de traverser la place en diagonale et de descendre la rue de Gênes, mais il opte pour la rampe Vallès afin de revoir tout de suite la mer et le port qui lui ont tant manqué depuis son départ. Les derniers rayons du soleil éclairent les installations portuaires, allongeant leurs ombres géantes, accentuant leurs reliefs. Au-delà de la digue, la mer moutonne à l'infini ; les premiers chalutiers prennent la passe pour la pêche de nuit, saluant de brefs coups de sirène les pêcheurs qui commencent à ramasser leurs lignes au bout de la jetée. Malgré la beauté du spectacle, Kadda n'a pas ralenti l'allure ; arrivé en bas de la rampe Vallès, il longe le port puis remonte vers l'ancienne préfecture et la rue d'Orléans qui l'amènera à la place de son quartier. En approchant, il reconnaît de loin la silhouette de son ami Okba assis sur la murette près de l'atelier de son père. D'un seul coup, toute hâte le quitte… Pourquoi courir comme si l'on craignait de ne pas retrouver les gens et les choses que l'on a laissés. Il a vu son ami et un grand calme s'est fait en lui. Au bruit de ses pas, Okba s'est retourné, le reconnaissant, il se laisse glisser sur le trottoir en contrebas et se retrouve dans ses bras pour une accolade fraternelle.

DEBUT FEVRIER 1965

Depuis l'aménagement de la crypte pour les cours du soir, il y a bientôt un an, ce sont Guy et Kouider qui y ont installé leurs cours, l'un dans la nef de gauche, l'autre dans la nef du centre qui ont été séparées par des panneaux. Ce n'est pas idéal comme organisation, mais faute de mieux… Les deux vantaux de la porte sont restés largement ouverts pour laisser entrer la douceur de l'air du printemps naissant. En cette soirée, il y règne une atmosphère plus détendue et plus animée. Il faut dire que c'est la fin de la semaine et que demain on célèbre la fête du Mouloud.

Le cours va bientôt se terminer quand Kadda apparaît en haut de l'escalier avec Okba.

- Tu es revenu pour la fête, demande Guy ?

- Bien sûr, je tenais à la passer en famille ;

- Sauf erreur de ma part, ton stage doit être fini maintenant ?

- Oui, j'ai passé l'examen mercredi et jeudi.

- Quand je l'ai vu arriver dans ma classe, à la cure, dit Okba, j'ai arrêté le cours tout de suite. On n'avait déjà pas beaucoup de cœur à l'ouvrage, alors…

- Je crois que nous allons en faire autant, tu ne penses pas Kouider ?

- Oh si ! Ça sera mieux pour tout le monde.

Et s'adressant à l'ensemble des élèves :

- Allez, ramassez vos livres et vos cahiers, à lundi.

Personne ne se fait prier. Bientôt Guy peut refermer la crypte.

- A présent que fait-on, demande-t-il aux autres ?

- Je vous invite à prendre un pot à la gargote du port, propose Kadda. Mon père m'a filé un peu d'argent pour arroser la fin de mon stage.

- Ben, on ne voudrait pas te faire de peine, alors on va accepter, le charrie Okba.

- OK, approuve Guy, mais je propose qu'on demande à Jean Luc s'il veut descendre avec nous.

- Et on passe par la place, renchérit Kouider, il y a sans doute des copains qui traînent par là.

- Eh ! Oh ! Arrêtez, rigole Kadda, je n'arrive que de Blida, pas d'Amérique ! Si vous ameutez tout le quartier, ce n'est pas sûr que je puisse régler la note.

- Ne t'inquiète pas, le rassure Kouider ; le gargotier est sympa, tu le connais, il te fera crédit !

Tous rient de bon cœur.

Quand la petite troupe arrive au port, la nuit commence à tomber. De loin en loin, le halo d'un lampadaire crée un îlot de lumière plus vive. Tout cela se reflète dans les eaux calmes du port, miroitant au gré des légers clapotis qui bercent doucement les barques amarrées au quai tout près de la gargote. Plus loin sur la gauche, on devine la masse compacte de quelque chalutier en radoub, abandonné par la flottille partie pour la nuit. De l'autre côté du bassin, les bateaux de plaisance sont alignés sagement le long du quai de la commanderie. De temps à autre, une risée anime leur rang d'un gracieux mouvement des mâtures. Derrière la commanderie, c'est le mouillage des remorqueurs ; on aperçoit d'ailleurs, tout au bout du môle, la proue trapue de l'un d'eux, comme muselée par le bourrelet de cordage avec lequel il pousse les lourds bateaux pour les faire manœuvrer.

Tous les entrepôts et bureaux du port sont figés sous la faible clarté de la lune, seule la gargote est éclairée ; on y voit quelques dockers prendre un dernier verre au comptoir. La joyeuse bande préfère s'installer à la terrasse qu'éclaire chichement une ampoule nue pendant sur la façade du bâtiment.

- Dans le fond Kadda, dit Jean Luc, tu arroses mais tu ne sais pas encore les résultats de ton examen.

- C'est vrai, mais les profs m'ont dit que j'avais toutes les chances de réussir ; à tel point qu'ils m'ont trouvé une place dans une usine à Blida. Je commence mon travail au début du mois prochain.

- Merde ! s'exclame Okba ; moi qui te croyais de retour définitivement ; tu nous lâches encore, et pour combien de temps ?

- Je n'en sais rien, ce n'est pas de gaieté de cœur que je fais ce choix ; mais on ne m'a rien proposé sur Oran. Et puis basta ! Ce soir j'arrose, alors crevettes et rougets pour tout le monde. Patron !

- Oui, oui, j'ai entendu, je vous prépare tout ça, mais vous avez le temps de boire une autre tournée en attendant.

- Alors, cette tournée sera pour moi, déclare Guy, car moi aussi j'ai passé un examen et je pense l'avoir réussi.

- Et tu pars aussi la semaine prochaine, s'inquiète Kouider ?

- Non, tout de même pas. J'ai passé le concours d'entrée d'une école de technicien pour la prochaine année scolaire.

- Tu vas nous laisser tomber quand même, reprend Kouider.

- Que veux-tu, je me trouve bien parmi vous, mais il faut que je pense à mon avenir. Je n'ai pas de diplôme pour enseigner vraiment... Les cours de rattrapage, c'est une chose, une carrière dans l'enseignement, c'en est une autre ; je ne suis pas sûr que je pourrais en faire ma profession. Je crois qu'une année de formation dans le technique, c'est encore le meilleur moyen de revenir par ici pour longtemps.

Cette annonce a surpris un peu tout le monde, sauf Jean Luc qui était dans la confidence. Il s'ensuit un moment de silence, heureusement rompu par l'arrivée du patron, un plat de rougets dans une main, un plat de crevettes dans l'autre. Il est accueilli par un "Ah !" de satisfaction générale.

Ici, on mange sans façon, il n'y a pas de couvert, pas d'assiettes ; on pique à même le plat, on décortique avec les doigts qu'on lèche ensuite avec délectation pour ne rien perdre du festin.

La soirée est fort avancée quand les copains décident de rentrer. Arrivés à la route qui file vers la corniche, le groupe se scinde en deux : Kouider, Guy et Jean Luc prennent la rue qui monte directement vers le patro ; les autres se dirigent vers la place par la rue d'Orléans.

Les trois amis montent la rue à la lumière diffuse de quelques lumignons espacés.

- Guy, tu m'as gâché le plaisir de la fête avec l'annonce de ton départ, dit Kouider.

- Que veux-tu Kouider, ça fait partie de la vie. Nous traversons une période heureuse depuis bientôt deux ans ; mais à vouloir trop la prolonger, nous risquerions de tout compromettre. Nous avons quelques mois à vivre encore ensemble, après… Dieu seul sait de quoi demain sera fait… Inch Allah comme vous dites.

- Tu as raison bien sûr, mais s'il est des périodes que l'on est pressé d'oublier, comme la guerre récente, il en est d'autres, comme ces deux années que nous venons de passer ensemble, qu'on aimerait prolonger longtemps.

Tout en discutant, ils arrivent en bas de la ruelle coupée de marches d'escalier au bout de laquelle habite Kouider et se séparent après une rapide mais chaleureuse poignée de main.

Jean Luc et Guy ont repris leur marche.

- Pauvre Kouider, tu lui as filé un coup au moral, fait remarquer Jean Luc.

- C'est vrai, mais je préfère qu'il le sache dès à présent plutôt que d'attendre le dernier moment pour le lui annoncer. La séparation sera moins dure ainsi.

Dans le silence qui suit, un craquement trouble la nuit, comme une coquille qu'on écrase.

- Merde ! s'exclame Guy. Ce sont encore des cafards qui tournent autour des poubelles.

- On est marqué par le destin mon pauvre vieux : on emmerde des cancres las toute la journée et on emmerde encore des cancrelats la nuit.

- Ce n'est pas très respectueux pour nos élèves.

- Il ne s'agit que d'un jeu de mot à ne surtout pas prendre au sérieux

Tous deux éclatent de rire.

FIN AVRIL 1965

Depuis le début de l'année scolaire, les mois se sont succédé à une cadence folle, et voilà que le printemps laisse deviner les premières chaleurs de l'été. Les vacances de Pâques sont là, on va pouvoir souffler un peu.

Mais pour l'instant, en ce dimanche après-midi, c'est la routine de la séance de cinéma au patro. Appuyé à la balustrade du premier, Guy regarde se dérouler le rituel habituel.

Quelqu'un vient s'accouder auprès de lui.

- Oh Kadda ! C'est ta petite virée habituelle qui te ramène à Oran pour ce week-end ?

- Oui et non, Sahbi.

- Allech[48] ?

- Parce que Blida c'est fini, maintenant je reste à Oran !

- Hamdoullah ! C'est une chance que tu reviennes ! Tu as trouvé du travail ?

- Même pas, mais j'en avais marre de vivre loin de chez moi pour ne rien gagner du tout.

- Pourtant, tu nous disais que ton travail t'intéressait et qu'il était bien payé.

- C'est vrai, je l'ai dit et je le maintiens. Mais vois-tu, quand j'ai réglé ma pension à

---

[48] Pourquoi

l'hôtel, que je suis allé de temps en temps au cinéma parce que je m'emmerde, j'ai tout juste de quoi me m'offrir un voyage à Oran deux fois par mois. Depuis que je travaille, je n'ai rien pu mettre de côté, et je ne vois pas comment je pourrais y parvenir… Alors, dis-moi où est l'intérêt ? Si je reste ici, je trouverai toujours quelques bricoles à faire pour subvenir à ma nourriture et même un peu plus ; je serai avec ma famille et je dépenserai moins. Non, j'ai bien réfléchi, je reste ; d'ailleurs mon père est d'accord.

- Et tu as bien raison, intervient Okba qui remonte de la cour enfin silencieuse maintenant que la séance a commencé. A quoi ça sert de gagner des cents et des milles si c'est pour ne rien garder pour soi ?

- Je comprends bien, reprend Guy, mais c'est tout de même con d'avoir un boulot qui te plaisait et de le quitter. J'espère pour toi que tu fais un bon calcul et que tu ne le regretteras pas.

- De toute façon, je continuerai à chercher par ici un travail qui m'intéresse.

- C'est bien le moins ! En attendant, allons boire une gazouze là-haut pour arroser ton retour.

- Ça ne peut pas faire de mal.

- Tu viens aussi Okba, ou tu vas voir le film ?

- J'avais prévu d'aller voir le film, mais puisque Kadda est là, je reste avec lui. J'ai tant de

217

plaisir à penser qu'il ne va plus nous quitter. Finalement, Kadda, tu as de la chance ; le frère de Mourad qui vient de se marier a trouvé un petit appartement en ville et nous a demandé de le remettre en état avant qu'il emménage. On doit aller le voir ce soir Nacer et moi ; dès demain, il faut nous mettre au travail. Si tu veux te joindre à nous ?

- Saha ! acquiesce Kadda qui suit Guy dans l'escalier.

Arrivés dans la salle à manger, pendant que les deux autres s'accoudent à la fenêtre, Guy se dirige vers la cuisine et demande :

- Qu'est-ce que vous voulez ? Bière, pshitt citron, coca, orangina ?

- Coca pour moi, répond Okba.

- Orangina, se décide Kadda après un temps de réflexion.

Guy prend une bière, et ayant décapsulé les bouteilles, rejoint les deux autres.

- Quand je vous vois entreprendre des travaux de rénovation, je trouve que vous avez du culot. Jamais je n'oserai me lancer dans une telle entreprise. Ce n'est quand même pas une mince affaire.

- Oh, il ne faut rien exagérer, recoller quelques carreaux, redonner une couche de peinture et poser de la tapisserie, ce n'est pas le bout du monde. D'autant que dans des cas comme celui-là, l'importance des travaux est fonction de la bourse du client qui n'est pas Crésus.

- Et sur quelle base vous paye-t-il ?

- C'est bien simple, on se met d'accord sur le travail à faire, on se charge d'acheter la camelote qu'il nous rembourse. Ensuite, il nous paye à chacun dix à quinze dinars la journée selon les cas.

- Tu étais payé combien à Blida Kadda ?

- Un dinar cinquante de l'heure environ. Si on pouvait trouver un petit job comme ça chaque jour, il n'y aurait rien à redire.

- Oui, bien sûr, admet Okba ; mais il ne faut tout de même pas rêver, un job tel que celui-ci, on n'en trouve pas souvent. Enfin, on va bien être occupé une petite semaine à trois, c'est déjà pas si mal.

Kadda approuve silencieusement de la tête tout en sirotant son orangina. Son retour sur Oran ne se présente pas si mal. L'immédiat est assuré, quant à l'avenir, Allah ijib[49] ! Si on veut profiter des bons moments de la vie, il faut savoir la prendre comme elle vient. Pourquoi empoisonner les joies réelles du présent par les mauvais présages d'un avenir incertain sur lequel on n'a pas prise ?

Tous trois se sont tus, suivant des yeux le vol des mouettes enlaçant de leurs arabesques un

---

[49] Dieu y pourvoira

petit voilier qui rejoint son point d'amarrage, poussé par une brise légère ridant à peine la surface de l'eau. Sinon, port de pêche et de plaisance sont calmes. Le soleil est encore trop haut et sa chaleur écrasante étouffe toute velléité de mouvement. D'ici une heure ou deux les patrons pêcheurs et leurs hommes viendront s'activer sur leurs bateaux pour préparer la pêche de nuit.

Un grondement soudain dans la salle annonce l'entracte. Aussitôt les portes claquent et un flot de gamins braillards envahit la cour. Chacun se prend pour le valeureux shérif poursuivant les bandits, monté sur un pur-sang imaginaire, tirant des coups de feu non moins imaginaires. Mais le bruit lui est bien réel et presque aussi assourdissant qu'une vraie fusillade.

- Bon, on descend, décide Guy ; on va avoir besoin de nous.

Tous trois ont tôt fait de se retrouver à la balustrade du premier en compagnie de Kouider qui supervise l'organisation de la surveillance.

Chibani, toujours souriant, fait la police près des portes de la salle aidé de Rezgui. Djamel patrouille près des WC où les altercations éclatent fréquemment, les vessies surmenées influençant au plus mal les esprits les plus calmes. Nacer reste près du portail pour contrôler le va et vient de ceux qu'un impératif quelconque appelle dehors.

De loin, Nacer a reconnu Kadda et lui fait des grands signes d'amitié.

- Je vais le remplacer, décide Okba, afin qu'il puisse venir te saluer.

- Et moi, je vais voir si Jean Luc s'en tire avec ses bobines, je sais qu'il n'aime pas bien ces engins, déclare Guy en se dirigeant vers la salle de projection.

Okba a remplacé Nacer qui s'élance à travers la cohue des cow-boys en culottes courtes, pour escalader l'escalier quatre à quatre et balancer une bourrade dans les côtes de son copain Kadda.

- Hé ! Lâcheur ! Tu te fais de plus en plus rare ma parole.

- Non ! Non ! c'est fini, proteste Kadda en essayant d'esquiver les coups. A partir d'aujourd'hui, je reste ici. Blida c'est fini.

La fougue de Nacer tombe d'un seul coup.

- Pas vrai ? Tu dis ça pour blaguer.

- Non, non : j'en avais marre de voir couler l'argent comme de l'eau entre mes mains sans pouvoir le retenir et en mettre de côté pour mes parents. Alors c'est décidé, je reste ici. Je ne serai ni plus riche ni plus pauvre et être près de la famille et des copains, ça compte aussi non ? D'ailleurs Okba m'a dit que vous étiez sur une affaire pour cette semaine, ça tombe bien.

- Ah bon, Okba t'en a déjà parlé, il a eu raison. On doit aller voir le « chantier » après le ciné ; mais le film est tellement con que je me demande si on ne va pas partir juste après l'entracte. A moins bien sûr qu'on ait vraiment besoin de nous pour assurer la sortie de la séance, ajoute-t-il à l'adresse de Kouider.

- Non, je ne pense pas, répond ce dernier, Guy est là et le père vient toujours pour la fin du film. Vous pourrez partir quand tout le monde sera rentré ; d'ailleurs c'est l'heure, Jean Luc ne devrait tarder à sonner la reprise.

Kouider se dirige vers la cabine de projection tandis que Nacer et Kadda vont rejoindre Okba afin de lui annoncer le changement de programme. A ce moment, la sonnerie retentit ramenant tous les gamins vers les portes de la salle comme une volée de moineaux, dans une pagaille monstre. Mais Chibani et Rezgui y mettent rapidement bon ordre aidés par Okba qui, ayant fermé le portail, fait aligner la marmaille à grands coups de gueule et quelques taloches.

Bientôt tout ce petit monde a réintégré la salle dans un brouhaha qui s'apaise dès que l'écran s'illumine.

- Vous entrez ? demande Chibani aux trois amis.

- Non, nous montons en ville.

Et tous trois se dirigent vers la porte du haut, saluant au passage Jean Luc et Guy qui, la projection démarrée, sont sortis prendre l'air sur le balcon.

Les trois amis ont retrouvé le frère de Mourad dans son futur appartement. Rapidement ils évaluent les travaux à faire.

- Bon, on a fait le tour, déclare Nacer. Maintenant à toi de nous dire ce que tu veux exactement ?

- Tout dépend de ce que ça va me coûter, je ne suis pas la banque d'Algérie.

- Le plus simple, dit Kadda, c'est de voir ce qui est urgent et ce qui ne l'est pas. Il faut donner un ordre de priorité et on avancera jusqu'au moment où tu n'auras plus de crédit.

- Bon, d'accord ; vous devez avoir aussi votre idée sur ces priorités. Pour moi il y a déjà le carrelage du couloir et de l'entrée qui cliquète à chaque pas.

- C'est vrai, mais ce n'est pas trop grave : seulement quelques carreaux sont descellés. Par contre, dans la chambre du fond, il y plusieurs mètres carrés à reprendre entièrement, y compris la chape.

- Effectivement, je crois que pour l'instant ce sera tout pour le carrelage.

- Pas tout à fait, intervient Nacer, quelques carreaux sont complètement en miettes, on sera obligé de les remplacer. Il nous sera sans doute difficile de retrouver les mêmes.

- Oui, c'est un vrai problème ; le plus simple, c'est que vous en preniez un comme modèle. Si vous ne trouvez pas les mêmes, faites pour le mieux. Le carrelage, c'est d'abord fait pour marcher dessus, pas pour être regardé.

- D'accord, maintenant côté peinture, il faut absolument reprendre celle de la cuisine, on dirait qu'ils y ont fait un méchoui ; les autres pièces peuvent encore attendre.

- Pour les murs, c'est vrai, ça va ; mais il y a le plafond de la salle de bain qui a été tout noirci par la fumée du chauffe-eau. Et puis, il faudrait rafraîchir la peinture des menuiseries vraiment crasseuses. Sans compter quelques poignées et serrures qui n'ont pas l'air bien vaillantes.

- Arrêtons là, sinon je n'aurai plus rien pour vous payer quand vous aurez acheté toutes les fournitures.

- Tu devrais demander à ton propriétaire d'en payer une partie, beaucoup de ces travaux sont normalement à sa charge, lui fait remarquer Kadda.

- C'était vrai avant ; maintenant, quand tu trouves un appartement, tu es tellement content que tu ne penses même pas à demander ton dû. Les proprios trouvent facilement un autre locataire moins exigeant.

Le lendemain matin, Nacer arrive près de l'atelier de Baba Zébiri, Okba et Kadda l'attendent assis sur la murette :

- Salut les copains, claironne-t-il, pas trop impatients ?

- Ben dis donc, tu as oublié de te réveiller ? Voilà plus d'une demi-heure qu'on t'attend.

- C'est que j'ai voulu passer d'abord à la menuiserie où j'ai travaillé quelque temps après mon stage à la F.P.A. Je voulais savoir si le patron pouvait nous fournir les poignées et les serrures dont nous aurons besoin. A priori, ça devrait aller ; il a pas mal de trucs de récupération. Et vous, vous avez pris les échantillonnages de carrelage ?

- Oui, répond Kadda en montrant un sac en papier à ses pieds.

Alors on y va.

Ils traversent devant l'ancienne préfecture.

- Le quartier se vide de plus en plus, fait remarquer Kadda.

- Quelques commerces ferment, lui répond Nacer, mais de là à dire que le quartier se vide !

- Oh si ! je t'assure ; à vivre cela au jour le jour, vous remarquez finalement moins les changements. Mais pour moi qui ne passe plus que de loin en loin depuis huit mois, il y a des

225

choses qui sautent aux yeux. Par exemple, le café fermé là, il y a encore deux mois, il était ouvert et grouillant de monde ; je ne sais pas s'il faisait bien ses affaires, beaucoup jouaient aux cartes, à la dama ou au domino sans consommer vraiment. Maintenant il est à l'abandon : que sont devenus tous ceux qui le fréquentaient ?

- C'est vrai ; mais est-ce le quartier qui se dépeuple, ou simplement ses habitants qui s'appauvrissent ? Et donc pas d'argent, pas de commerces. De plus, ceux qui ont un peu d'argent font comme le frère de Mourad : ils montent en ville.

Tout en discutant, ils sont arrivés à la rue de Gênes coupée d'escaliers, qui monte jusqu'à la Place d'Armes. C'est la rue chaude du quartier, surtout à hauteur de la mosquée du Pacha qu'elle contourne par derrière ; mais à cette heure matinale, le calme règne et les maisons de passe sont fermées.

- Pour une fois que nous avons de l'argent sur nous, les portes sont closes, ironise Okba.

- Encore heureux, réplique Kadda, ce n'est pas le moment de bouffer notre fric, celui-là on ne l'a pas encore gagné.

Ils sont bientôt à la Place d'Armes, toujours aussi animée.

- On prend le bus pour gagner du temps, propose Okba.

- Pas la peine de dépenser l'argent inutilement répond Nacer. On verra ça au retour quand on sera chargé et qu'il fera chaud. De toute façon, on va s'arrêter à la Ville Nouvelle, il y a parfois des occasions.

- Tu as raison, mais ne perdons pas de temps, les premiers arrivés sont les premiers servis.

Un quart d'heure plus tard, ils débouchent sur la place de la Ville Nouvelle. Au milieu s'élève un marché construit en dur, une espèce de halle réservée aux denrées alimentaires. Tout autour s'étale le souk en partie couvert de bâches ou de canisses. On y circule par des allées tortueuses et mal délimitées, contournant des amas de marchandises hétéroclites. Vers le haut de la place, c'est plutôt le marché aux tissus, et vers le bas la quincaillerie et l'électroménager. Ils se dirigent de ce côté, se dispersant un moment dans les allées avant de se rejoindre sans avoir trouvé vraiment ce qu'ils cherchaient.

- J'ai l'impression que c'est foutu pour le carrelage par ici, dit Nacer, par contre un peu plus loin il y a un marchand bien fourni en peinture, mais il n'a que des pots neufs d'un kilo.

Tous trois s'approchent de l'étal. Le marchand qui les a vus venir les suit du coin de l'œil tout en faisant l'article à un client. Il sait que tous les poissons ne mordent pas au même hameçon et qu'on doit élaborer chaque fois une

227

stratégie nouvelle ; ces trois-là ont l'air de savoir ce qu'ils veulent, mieux vaut ne pas leur sauter dessus tout de suite, juste être attentifs au moment où ces clients auront besoin de lui. Il les laisse donc faire le tour de son étalage, et bientôt Okba le hèle :

- Hé cousin ! Aurais-tu cette teinte de peinture en pots de cinq kilos ?

- Hélas, je n'ai que des pots d'un kilo, neufs et de bonne qualité. C'est un peu cher, mais le résultat est garanti.

- Oui mais précisément, on veut faire des économies. Et puis, peindre un mur avec des pots d'un kilo, ce n'est pas pratique, on ne peut pas mettre de rouleau dedans.

- Il suffit de les verser dans un seau ou dans un grand bidon, je peux vous trouver ça.

- Non, de toute façon, c'est trop cher. Au revoir.

- Attendez, ne partez pas si vite, j'ai peut-être ce qu'il vous faut. Il me reste en réserve quelques grands bidons de dix litres entamés, je vous ferai un prix.

- Voyons cela, répond Nacer en retenant les deux autres qui partaient déjà.

Le marchand exhibe deux bidons de sous son étalage et les ouvre :

- Voyez, la peinture est encore bonne, il suffit d'y ajouter un peu d'essence, et je vous fais un rabais de vingt pour cent.

- Il n'y a pas d'autre teinte, demande Kadda, ça ne correspond pas bien à ce qu'on voudrait.

- Ah non ! Ce sont les deux seuls bidons qui me restent.

- Alors on les prend, mais à moitié prix seulement.

- A moitié prix, vous êtes fous, je ne peux pas vendre à perte !

- Ecoute, ces bidons sont déjà entamés, c'est de la récupération, ils ne t'ont pas coûté cher ; c'est moitié prix où on s'en va.

Et Okba fait mine de s'éloigner avec ses copains.

- Non ne partez pas, vous m'êtes sympathiques, je veux bien faire un effort pour vous, je vous les laisse à trente pour cent de réduction.

- Ecoute, on a déjà perdu trop de temps, on te les prend à quarante pour cent.

- Affaire conclue !

- Alors, mets-les-nous de côté, nous faisons quelques courses et nous venons les reprendre.

- D'accord, mais repassez bien avant midi et payez-moi la moitié d'avance.

- Mais ce n'est pas sûr que l'on puisse repasser avant midi, explique Kadda.

- Laisse tomber, propose Okba, j'emmène les bidons directement à l'appartement, j'ai la clef

229

et ce n'est pas très loin d'ici. Je vous rejoindrai au marché aux puces. Si par hasard je ne vous retrouvais pas, vous saurez bien vous débrouiller tout seul pour le carrelage.

- Ca marche, approuve Nacer.

Ils payent et se séparent.

Kadda et Nacer marchent d'un bon pas vers le marché aux puces.

- Merde ! s'exclame Kadda en s'arrêtant brusquement.

- Qu'est-ce qui te prend ? demande Nacer.

- On a oublié de prendre le blanc à plafond pour la salle de bain, il n'en fallait pas beaucoup, Okba aurait pu l'emporter avec ses bidons de peinture.

- Ça c'est vrai, ce qu'on peut être con ! On aura bien assez de trimballer les carreaux sans s'embarrasser encore d'un pot de peinture.

- Savoir si on trouvera seulement le carrelage ?

- Si on trouve les carreaux, on laisse tomber le blanc à plafond. De toute façon, qui a dit que les plafonds étaient forcément blancs ? On peut le peindre avec la peinture que l'on a achetée pour la cuisine, il y en aura assez.

- Tu n'as pas tort, mais avant, il faudra demander l'avis du frère de Mourad.

Tous deux se remettent en route. Bientôt, dans l'enfilade des rues, apparait la haute enceinte du stade de foot du M.C.O. qui dresse sa masse au-delà d'un terrain vague. En arrivant aux dernières maisons, ils tournent à gauche. C'est là, tout près du stade, que s'étend sur plusieurs hectares le marché aux puces du Hemri. Les deux amis se concertent :

- Tu prends à droite et moi à gauche, propose Nacer, on se retrouve ici dans une demi-heure environ.

- OK, je te file un échantillon de carreaux pour que tu puisses te faire une idée plus précise.

- D'accord, à tout à l'heure.

Le Hemri regorge de "trésors" dont beaucoup, il faut bien en convenir, sont le fruit des pillages au moment de l'indépendance. On peut y découvrir, au hasard des détours de ses allées sinueuses de terre battue, des meubles Louis Quinze, voire Louis Treize, des porcelaines de Limoges, des collections de pots en étain… Autant d'articles dont les vendeurs eux-mêmes ne connaissent pas le coût. Malheur à l'acheteur qui s'extasie trop vite sur un objet ; il payera fort cher ce mouvement d'émotion car les vendeurs, fins psychologues, ont vite fait de jauger le prix maximum qu'ils peuvent exiger d'un client. Mais là n'est pas le problème pour nos amis. Ils se retrouvent tous les deux bredouilles. Kadda explique :

- Du carrelage, je n'en ai pas vu ; en revanche un gars expose la bulle en plexiglas d'un cockpit d'avion de chasse encore dans son emballage d'origine. On se demande où ils ont pu récupérer des trucs pareils ?

- C'est surtout à se demander à qui ils comptent bien les vendre ? Quant à nous, mieux vaut passer chez un marchand de matériaux, peut-être y trouverons-nous une fin de série pas trop chère ou des carreaux dépareillés.

- Tu as raison, ne traînons pas, il fait déjà chaud. Passons par la route de La Sénia, on a plus de chance d'y trouver ce que l'on cherche.

- Héla ! Ne partez pas sans moi !

Okba arrive en courant, tout en sueur.

- Ben dis donc tu n'as pas traîné ! s'extasie Nacer. C'est la proximité du stade qui te pousse à de tels exploits sportifs ?

- Non, mais j'avais trop peur de vous rater, ce qui a failli être le cas. Ça m'aurait fait suer de rentrer tout seul.

Ils sortent du Hemri, se dirigent vers le stade et le longent pour rejoindre la route de La Sénia. Okba regarde les guichets du stade devant lesquels ils passent :

- Une sélection du Brésil doit venir jouer un match ici au mois de juin ; c'est déjà annoncé.

- On dit même que Pelé va jouer ! répond Nacer.

- Si c'est vrai je ferai tout pour y aller, mais ce ne sera sans doute pas facile de se procurer des places.

- C'est dans presque deux mois, on a le temps de voir, remarque Kadda philosophe.

- Bien sûr, mais voir jouer Pelé ! Jamais je n'aurais imaginé avoir cette chance un jour, conclut Okba.

17 JUIN 1965

En ce jeudi après-midi, tous les gamins du patro sont descendus dans la cour pour taper dans le ballon. La salle des baby-foot est désertée… Les dominos, les cartes, même les dames ont été abandonnés ! Ce soir à Oran, une sélection de l'Ouest algérien rencontre la prestigieuse équipe du Brésil !

C'est une exaltation presque religieuse qui s'est emparée de la population, des jeunes surtout. Bien sûr, seul Allah est Dieu et seul Allah est grand… Mais le football a un magnétisme presque divin ; et si Allah a eu son prophète Mohammed, le foot a son grand prêtre Pelé ! Et Pelé sera ce soir à Oran dans le grand temple du football qu'est le stade.

C'est pourquoi, dans ce début d'après-midi surchauffé, tous les jeunes s'acharnent sur le ballon, interpellant les autres joueurs avec les noms des coéquipiers de l'idole : Vava ! Didi !

Jean Luc et Guy sont accoudés à la balustrade du premier, ne perdant pas une miette du spectacle.

- Je n'en reviens toujours pas, laisse tomber Jean Luc ; et tout cela pour un malheureux ballon. D'accord, le football de haut niveau est peut-être une forme d'art, mais de là à déchaîner un tel délire… Vraiment, il y a quelque chose qui m'échappe.

- Effectivement enchaîne Guy, Marx a parlé de la religion opium du peuple, on pourrait en dire autant du football dans des moments comme celui-là.

Dans un coin de la cour, Kadda, Okba et Nacer se concertent. Puis Nacer saute sur une balle qui passe en lançant :

- Saha ! Je vais avec vous.

Kadda et Okba se précipitent alors dans l'escalier. Pour rejoindre Jean Luc et Guy.

- Guy, attaque Okba, Kadda et moi, on voudrait aller voir le match ce soir, mais on n'a pas de fric, est-ce que tu peux nous en avancer ?

- Moi, je veux bien ; les places sont à combien ?

- Les virages ne doivent pas être à plus de dix dinars ; il faudrait y aller tout de suite si on veut trouver encore des billets au siège du M.C.O. en ville.

- Bon, je vous refile cinquante dinars et prenez aussi un place pour moi. Et toi, Jean Luc, tu viens ?

- Oh moi, non ! Il va y avoir une pagaille monstre.

- Tu as tort, le blague Kadda, ça va être une fête terrible. Et puis on va voir Pelé ! Tu es bien sûr de ne pas vouloir venir ?

- Non ! Non !

- Bon, alors on file tout de suite, on repassera avec les billets.

235

Les deux amis se sauvent par la porte du haut.

Voilà bientôt trois heures qu'Okba et Kadda sont partis. Dans la cour, c'est toujours le même acharnement autour du ballon. Quand un héros est fatigué, il vient s'asseoir sur les marches du bas de l'escalier pour reprendre son souffle ou se passer la tête sous le robinet dans le coin de la cour. Puis, repris par le démon du foot, il replonge dans la mêlée. Parfois, l'un ou l'autre s'éclipse par le portail entrouvert pour aller chez lui quémander un casse-croûte ; on le voit revenir peu après, mordant à pleine dent dans un quignon de pain, n'attendant même pas de l'avoir fini avant de repartir à l'assaut de plus belle.

Une nouvelle fois, le battant du portail s'entrouvre, mais ce n'est pas un gamin qui se faufile, c'est Kouider, la veste sur l'épaule, sa journée de travail finie.

- Attrape ça Pelé, lui lance Nacer, qui le fusille à bout portant d'un tir en pleine poitrine.

- Gare à toi, riposte Kouider qui, récupérant la balle, part en dribles à travers la cour à la poursuite de son copain.

Mais Nacer est souple comme une anguille et les adversaires trop nombreux ; après en avoir dribblé cinq ou six et en avoir laissé autant par terre, Kouider finit par se faire subtiliser le ballon.

- Tu ne perds rien pour attendre, ya sahbi ! déclare-t-il en rejoignant Nacer dans l'escalier où il s'est réfugié.

L'un poursuivant l'autre, ils se retrouvent au premier près de Jean Luc et Guy qui interpelle Kouider :

- Alors, tu vas au match ce soir ?

- Je pensais avoir une place par Khaldi, mais il n'a pu avoir qu'un billet pour lui, quel dommage !

- Ça peut s'arranger, Kadda et Okba sont partis en début d'après-midi chercher des billets pour eux et Nacer, il paraît qu'il y en avait encore en vente au siège du M.C.O. ; j'en ai demandé un pour moi, si tu n'en as pas, je te le laisse.

- C'est chic de ta part, mais je ne voudrais pas que tu te prives de ce match pour moi.

Nacer intervient :

- Ne faites pas trop de projets, ils n'auront peut-être rien du tout ; on s'y est pris bien tard.

A ce moment, de violents coups de poing ébranlent la porte du haut. Nacer en trois bonds a avalé la volée de marches et ouvre la porte.

- Vous les avez ?

- Wallou[50], laisse tomber Okba tout penaud.

Tous trois descendent lentement l'escalier.

---

[50] Rien

- Il y a peut-être un dernier truc, hasarde Kadda : quand, après deux heures d'attente dans une méga cohue qui bouchait complètement la rue d'Arzew, on nous a annoncé que toutes les places étaient vendues ; on nous a aussi laissé entendre qu'il y avait encore des places de "virages" disponibles aux guichets du stade. Mais c'était déjà le souk au siège du M.C.O. ; ça doit être un bordel encore pire là-haut !

- Wallah ya khouia ! Eclate Kouider, tu ne pouvais pas le dire tout de suite. S'il y a encore une chance de voir ce match, je ne la laisse pas passer. Vous venez vous autres ?

- Tu crois que c'est bien raisonnable, hasarde Okba, il est déjà six heures.

- Raison de plus, il n'y a pas de temps à perdre, tu viens Guy ?

- OK, les places sont à combien ?

- Les virages sont à huit dinars.

- Bon, vous avez toujours les cinquante dinars, ça suffira pour cinq ; je ne tiens pas à me faire piquer mon portefeuille dans la cohue. Je vais le déposer dans ma chambre et je vous suis.

Une demi-heure plus tard, les cinq amis débouchent sur la place du stade, complètement essoufflés. Une houle sauvage et vociférante ébranle les grilles près des guichets.

- Ben les gars, on va être un peu léger pour s'infiltrer dans cet enchevêtrement.

- Peut-être, Guy, lui rétorque Kouider ; mais ça veut dire qu'il y a encore des places, et à cinq on devrait pouvoir passer.

- Saha ! approuve Nacer qui prend aussitôt la tête du groupe pour s'enfoncer dans la masse compacte et mouvante.

Au début, la progression est rapide, Nacer jouant de sa souplesse pour forcer le moindre interstice qui se crée au gré des mouvements de la foule. Les quatre autres derrière font office de coin et élargissent le passage dans lequel viennent s'engouffrer d'autres fondus de foot profitant de l'aubaine. Mais à l'approche des guichets, la lutte se fait plus âpre, la masse plus compacte. Pourtant, Nacer parvient encore à progresser ; les guichets ne sont plus qu'à deux ou trois mètres quand une puissante poussée latérale les rejette vers la gauche malgré leurs efforts désespérés pour remonter le courant. Bientôt ils se retrouvent à une vingtaine de mètres, essoufflés et ballottés comme fétus de paille au bord du tourbillon.

- Nahdin Babeck ![51] jure Okba, on ne fait pas le poids, jamais on y arrivera.

- Ne te décourage pas si vite, lance Nacer qui a pris un peu de recul. Chouf, à gauche des guichets c'est un mur et à droite c'est une grille. On contourne et on s'enfonce vers les grilles. Une fois arrivé là on progresse en prenant appui sur

---

[51] Maudit soit ton père

239

les barreaux jusqu'aux guichets. Il faut bien rester soudés ; et surtout quand je serai au guichet cramponnez-moi, je ne pourrai plus me retenir à rien.

Tout le monde approuve la stratégie proposée.

- Passez-moi le billet !

Nacer le plie bien serré et le coince dans sa bouche :

- Je vais avoir besoin de mes deux mains, explique-t-il, et au guichet, je n'aurai guère la possibilité de fouiller dans mes poches.

Le groupe contourne donc la masse hurlante pour attaquer par la droite. Mais bien sûr, nombreux sont ceux qui appliquent la même tactique et l'approche de la grille est plus que laborieuse. Kouider arrive néanmoins à accrocher un barreau et, s'arc-boutant contre le sens du courant hurle :

- Passez devant moi pendant que je bloque les autres derrière.

Effectivement un creux se forme devant lui dans lequel se jettent ses amis. Nacer s'est porté en tête du groupe et une reptation lente commence le long de la grille. D'autres utilisent la technique de Kouider pour essayer d'enrayer leur progression, mais Nacer sait bien qu'il faut rester impérativement collé à la grille. Sa souplesse fait toujours merveille ; il arrive le plus souvent à se glisser sous le bras de celui qui, agrippé comme lui à la grille, le précède et fait barrage. Poussé par la force conjuguée des quatre derrière lui, il soulève le gêneur qui finit par lâcher prise sous peine de se voir écartelé. Le pauvre est aussitôt repris par la horde vociférante. Arrivé à hauteur du guichet, Nacer doit abandonner la grille ; Kadda qui le suit, le cramponne d'une main tandis que les autres les protègent du mieux qu'ils peuvent. Ainsi maintenu en bonne position, Nacer tend son billet en braillant :

- Jib ramsa[52] !

Le billet disparaît et Nacer a juste le temps de récupérer les cinq tickets avant qu'un mouvement plus puissant que les autres l'arrache au guichet avant qu'il ait pu récupérer la monnaie.

- Mes dix dinars, Ya khouia ! Mes dix dinars, braille-t-il.

- Tant pis pour la monnaie, crie Guy, on te rejoint.

- Se laisser entraîner par la foule vers une zone plus calme est presque un délice. Les cinq se retrouvent près de l'entrée.

- On va essayer de rester groupés, déclare Nacer, cependant, au cas où on n'y arriverait pas, chacun prend son ticket. Mais les salauds, je les retiens, ils m'ont volé dix dinars. Le gars du

---

[52] Cinq

guichet profite de la situation, il traîne vachement avant de rendre la monnaie.

- Tu ne vas pas en faire tout un plat, se marre Kouider ; et voir Pelé mérite bien un petit supplément.

Bientôt ils débouchent en haut d'un des grands escaliers de béton qui trouent l'enceinte à espaces réguliers.

- T'as vu le peuple, s'exclame Nacer admiratif.

- Et le service d'ordre, renchérit Kouider, à croire qu'on est en taule !

Bien que le match ne commence que dans deux heures, le stade est débordant d'une foule bigarrée et bourdonnante ; et dans chaque passage quadrillant les gradins, un militaire, l'arme à l'épaule fait les cent pas. Il y en a en faction tous les dix mètres sur la promenade couronnant l'enceinte, et aussi tout autour du terrain le long des grillages de protection.

Nacer qui scrutait les gradins s'écrie :
- Là-haut il y a des places libres.

Quelques minutes plus tard, tous les cinq se trouvent serrés comme des sardines sur leur bout de gradin. Il arrive toujours de nouveaux spectateurs, et il faut se serrer un peu plus pour leur faire place. Seule la tribune officielle est encore inoccupée. Le président Ben Bella doit assister au match et toutes les personnalités l'attendent dans les salons d'honneur.

Tout à coup, les haut-parleurs annoncent le match de lever de rideau. Les arrivants se font plus rares, la vente à dû cesser aux guichets ; n'entrent plus que ceux qui ont des places réservées.

- C'était temps qu'on arrive soupire Kouider.

- Quelle est la capacité du stade demande Guy ?

- Je ne sais pas exactement, mais aujourd'hui, c'est certainement le double.

Le match de lever de rideau terminé, les spectateurs applaudissent poliment les joueurs qui se retirent modestement, conscients de n'être qu'une « mise en bouche ». Puis on perçoit de l'animation dans la tribune présidentielle et la voix puissante des haut-parleurs annonce l'arrivée du Président que l'on devine saluant la foule de ses deux bras levés. Aussitôt une clameur embrase le stade :

-Ya ! Ya ! Ben Bella ! Ya! Ya! Ben Bella! Ya! Ya! Djezaïr!

Les occupants des tribunes, en signe d'allégresse, jettent en l'air les petits coussins sur lesquels ils sont assis. Et pendant de longues minutes, la foule acclame son Président.

Une fois la ferveur populaire calmée, le speaker annonce l'entrée des équipes sur le terrain. Effectivement, celles-ci, sur deux files, arrivent sur la pelouse et viennent se ranger devant la tribune présidentielle. Les haut-parleurs annoncent leur composition. A chaque nom, une nouvelle ovation s'élève. Mais c'est un grondement réprobateur et quelques sifflets que laisse échapper la foule en apprenant que Pelé ne jouera pas tout le match.

- C'est vrai, fait remarquer Nacer, les commentateurs avaient annoncé à la radio qu'il était un peu fatigué.

- Tu parles, rétorque Okba, c'est plutôt qu'il demande un peu plus de fric pour faire tout le match, et Oran n'est pas Alger.

- L'essentiel est de savoir qu'il va jouer là, devant nous, se réjouit Kouider.

Et effectivement, pendant le temps où il jouera, le roi Pelé offrira aux spectateurs oranais une démonstration de grande valeur, couronnée par un coup franc d'anthologie. La faute est sifflée à trente mètres des buts algériens, à dix mètres de la ligne de touche, côté tribune officielle. Le mur des défenseurs se met en place. Pelé place sa balle avec soin et aussitôt le stade entier se tait dans un silence religieux. Puis l'idole se recule, juste quelques pas, et la foule retient son souffle. Une course brève mais puissante ponctuée d'une frappe sèche dont le claquement, cuir contre cuir, résonne dans le stade comme un coup de feu. Presque instantanément le filet des buts algériens est secoué comme par une main géante. Personne n'a eu le temps de réaliser. Le goal n'a même pas esquissé un geste. La foule laisse échapper une immense ovation tandis que le gardien va récupérer la balle au fond de ses filets. Pelé est resté immobile à l'endroit précis d'où son tir est parti. Quand l'arbitre redonne le coup d'envoi l'ivresse de la foule est encore à son paroxysme.

- Akarbi[53] ! C'est phénoménal un tir pareil, apprécie Nacer.

Le coup de sifflet de la mi-temps surprend la foule des spectateurs qui n'a pas vu le temps passer. Elle fait une dernière ovation aux joueurs quittant la pelouse. Puis les gradins s'animent, chacun cherchant de la boisson, un casse-croûte ou tout simplement à se dégourdir les jambes.

La seconde mi-temps se déroule plus sereinement. L'idole Pelé n'est plus là, l'ambiance s'est légèrement calmée d'autant que le Brésil a rapidement marqué deux autres buts.

Tard dans la nuit, les cinq se séparent devant la porte du patro, presque aphones d'avoir tant crié pendant et après le match. Car les clameurs de tous ces fanatiques du foot se sont répercutées longtemps dans tous les coins de la ville.

---

[53] Je te le jure par Dieu

245

- Quel match ! dit Nacer en serrant les mains, il faudra en garder le souvenir ; d'aussi beau à Oran, jamais on n'en reverra !

- Tous ont très bien joué, convient Kouider, mais Pelé ! Tu as vu Pelé ? Jamais au monde on n'en reverra un comme lui.

- En tout cas, pour de l'ambiance, il y avait de l'ambiance, convient Guy. Quand j'ai vu voler les coussins, je me suis dit : dans un tel foutoir, un qui voudrait faire un attentat contre le Président, il aurait beau jeu de balancer une grenade.

Les quatre autres le regardent ahuris :

- Et pourquoi voudrais-tu qu'il y ait un attentat contre Ben Bella ?

- A vrai dire, je n'y pense pas du tout, c'était une réflexion en l'air. Allez ! Bonsoir, ou plutôt bon matin, rectifie Guy en consultant sa montre. Pra l'kheir, Ya khouia !

- Pra l'kheir, répondent les autres en s'éloignant.

19 JUIN 1965

Guy se réveille en sursaut ; il rêvait du match de l'avant-veille et revoyait Pelé tirer son coup franc, sa frappe puissante a claqué comme un coup de feu. Et c'est précisément cette détonation qui l'a réveillé avec une sorte de malaise au creux de l'estomac. Mais le rêve devient réalité, car à cette détonation incertaine, vient de répliquer une sèche rafale de mitraillette qui semble venir du côté du commissariat, plus loin, en bas de la rue. Par contre, vers le haut on entend le bruit d'un moteur et, par moment, un claquement de chenillette sur l'asphalte.

Jean Luc semble s'agiter dans sa chambre à côté. Guy entend le grincement d'un sommier et, peu après, celui d'une espagnolette qu'on déverrouille.

- Ne fais pas le con, lui crie Guy. A vouloir être trop curieux, tu te mets aux premières loges s'il y a une balle perdue.

Ponctuant ces paroles, une nouvelle rafale éclate, suivi aussitôt du claquement du volet que Jean Luc rabat précipitamment.

- Merde, s'exclame-t-il d'une voix sourde. J'ai l'impression que c'est un half-track qui descend la rue.

- Rien qu'au bruit, je m'en serai douté, répond Guy.

Le blindé s'est arrêté à hauteur du patro. Quelques secondes qui paraissent des siècles. Puis il repart et, quelques minutes plus tard, retentit l'aboiement sourd d'une mitrailleuse suivi du bruit de vitres brisées du côté du commissariat.

- C'est la 12-7 du half-track cette fois, commente Guy dont le service militaire est tout récent.

- Mais qu'est-ce qui se passe ? interroge Jean Luc. Serait-ce les Marocains qui attaquent ?

Les Marocains... Les frères ennemis. Face à l'envahisseur français, Algériens et Marocains avaient fait passer leurs différends au second plan ; le Maroc fut une base arrière précieuse pour le F.L.N. Mais depuis l'indépendance, les vieilles querelles ont repris le dessus et les accrochages frontaliers sont fréquents.

- Je ne le pense pas, dit Guy après un temps de réflexion ; d'abord le Maroc est à quelques deux cents kilomètres et ils auraient peut-être bien été remarqués avant d'arriver à Oran ! Ensuite, je ne vois pas pourquoi les Marocains s'en prendraient aux commissariats, ils attaqueraient plutôt les casernes.

- Alors qui est-ce ?

- Ça ressemble plutôt à une guerre civile. Si tu veux mon avis, il vaut mieux pour nous rester tranquilles et surtout ne pas nous exposer.

La fusillade reprend de plus belle. Tout au bas de la rue, plus loin que le commissariat, le tir en rafale d'un fusil mitrailleur prend à revers les policiers. Le blindé a repris sa marche, s'arrêtant par moment, le temps d'ajuster une salve. Une voix crie quelque chose en arabe, une autre lui répond ; après une brève discussion, tout retombe dans le silence.

- Je crois que les flics se sont rendus, dit Guy.

Le silence s'est rétabli aussi soudainement qu'il s'était rompu. Pourtant au loin, du côté du centre-ville, parvient encore le bruit de rafales de mitrailleuse. Ici le quartier est maintenant calme ; trop calme après ce qui vient de se passer. Personne n'a bronché, mais on a l'impression que derrière chaque persienne, des yeux épient.

Sans faire de bruit, Jean Luc vient rejoindre Guy dans sa chambre et s'assoit à côté de lui sur le lit.

- J'ai amené mon poste, on va le mettre en sourdine.

Ils n'osent pas éclairer et Jean Luc a du mal à trouver radio Alger.

- Normalement, il n'y a rien à cette heure, remarque Guy.

- Ça y est, je crois que je l'ai, écoute.

Du poste monte l'hymne national algérien. Ils écoutent jusqu'à la fin. Il est suivi d'un bref commentaire en arabe ; puis tout de suite après on passe une musique militaire.

- Bon, ferme ton crin-crin, je ne pense pas que nous pourrons en apprendre plus pour l'instant.

Jean Luc éteint son poste… Mais par la porte restée ouverte, ils entendent la suite de l'émission monter faiblement de la salle à manger.

- Les autres ont dû se retrouver en bas, si on allait les rejoindre, propose Jean Luc.

- Tu as raison ; de toute façon je ne pourrai plus dormir à présent. A propos, quel jour est-on ?

- Le 19 juin.

A tâtons, tous deux descendent l'escalier que n'arrivent pas à éclairer, à travers les persiennes, les premières lueurs du jour. Dans la salle à manger, ils trouvent Joël, Pascal et le père entourant le poste qui débite toujours en sourdine ses marches militaires. Ici les volets ne sont jamais fermés car les fenêtres donnent sur la cour, et tout baigne dans la clarté diffuse et laiteuse de l'aube naissante.

- Tiens, vous voilà aussi, dit le père en les voyant.

- Oui, on ne pouvait plus dormir après la fusillade. Qu'est-ce que dit la radio ? Jean Luc a mis la sienne là-haut, mais il n'y a que de la musique militaire.

- Ça continue, mais c'est bientôt l'heure des premières informations du matin, peut-être y aura-t-il du nouveau.

Le flash d'information arrive enfin ; il est aussi en arabe. A plusieurs reprises, on reconnaît le nom de Houari Boumediene.

- Qui c'est celui-là ? demande Pascal.

- C'est le chef d'état-major de l'armée, répond le père. Une des figures de la lutte de libération ; cela semblerait bien indiquer qu'il s'agit d'un coup d'état militaire.

Depuis trois jours déjà, Boumediene a pris le pouvoir. L'armée quadrille encore la ville car les manifestations de soutien à Ben Bella éclatent à tout moment, spontanément. D'ailleurs, à part les manifestants, on ne voit guère de monde dans les rues. Chacun ne sort, en longeant les murs, que pour les strictes nécessités. La radio appelle au calme et annonce que la vie doit reprendre normalement ; mais on n'est guère enclin à la confiance quand de chaque rue peut surgir un tank, une auto mitrailleuse ou tout simplement une jeep de militaires. De plus, la rumeur publique fait état de nombreuses arrestations. Un député qui habite le quartier a été arrêté le matin du coup d'état, c'est sûr. Pour le reste, il y a de nombreux contrôles d'identité dans la rue, et chaque manifestation se solde par une rafle ; souvent des jeunes de moins de quinze ans. On

251

dit que les prisons sont pleines et que les arènes d'Eckmühl, qui ont été réquisitionnées, sont pleines aussi. Certains avancent qu'il y a beaucoup d'exécutions, mais ça, rien ne permet d'en juger actuellement. On sera fixé le jour où la situation sera redevenue normale.

C'est dans cette ambiance que Guy et Jean Luc essayent de tuer le temps en bouquinant dans la salle de séjour ; les autres sont dans leur chambre, car les cours ont été arrêtés.

Et puis merde ! J'en ai ras le bol ! éclate Jean Luc, en balançant son bouquin sur la table, je vais faire un tour dans le quartier.

- Tu sais que ce n'est pas prudent.

- Pas prudent ! Pas prudent ! Je n'ai rien à voir avec leur connerie de coup d'état ; je suis Suisse moi et j'ai mes papiers sur moi ; de toute façon les risques ne sont pas bien grands dans le quartier de la Marine.

- Dans le fond, tu as raison, je vais t'accompagner ; on finirait par tourner en bourrique ici.

Tous deux se retrouvent dans la rue déserte bien que la matinée soit déjà très avancée. Malgré eux, ils rasent les murs, conditionnés par le climat d'insécurité fait de mille bruits insignifiants : le volet qui s'entrouvre après leur passage pour laisser filtrer un regard soupçonneux, des pas précipités au fond d'une allée dès qu'ils tournent à l'angle d'une rue ; même la chute d'un couvercle de poubelle qu'un chat, dérangé en plein festin, a fait tomber dans sa fuite… Tous ces bruits que d'ordinaire on ne remarque même pas.

Sans se concerter, sans que l'un ou l'autre ne l'ait même prémédité, ils arrivent sur la place par le dédale des petites rues qui leur sont si familières et qu'ils ne reconnaissent plus tant ce silence pesant leur est étranger.

- On croirait revivre la peste de Camus, murmure Jean Luc.

En s'approchant du parapet qui surplombe la rue d'Orléans, ils aperçoivent un poste de contrôle du côté du port : quatre ou cinq soldats en armes, une jeep garée sur un trottoir, un fusil mitrailleur en batterie sur l'autre, et la herse prête à être tirée en travers de la chaussée. Vers le haut, on entend le cliquetis des chenilles d'un char.

- Mieux vaut ne pas sortir de notre secteur, dit Guy ; plus loin, ça a l'air moins calme.

Tous deux longent le parapet et, passant devant la boutique de Baba Zébiri, il leur semble entendre des chuchotements à travers la porte fermée. Ils s'arrêtent et frappent ; aussitôt le silence se fait. Puis, au bout de quelques secondes, une voix murmure sourdement :

- Shkoun ?

- C'est moi Guy, avec Jean Luc.

253

La porte s'entrouvre sur Kadda qui s'efface pour les laisser entrer.

- C'est con d'avoir la trouille comme ça, on n'a rien à se reprocher, mais c'est plus fort que nous.

Au fond de l'atelier, assis à même le sol, le dos au mur, il y a là Baba Zébiri, Okba et Kouider. Les nouveaux arrivants s'assoient près d'eux. Guy interroge :

- Comment ça va ?

- Ça va, répond Kouider avec son bon sourire.

- Et les autres : Nacer, Djamel, Rezgui ?

- Ça va aussi, merci.

- On vous a peut-être dérangés ?

- Mais non, Guy, jamais tu ne nous déranges, tu le sais bien.

Suit un moment de silence, puis Guy remarque :

- Le quartier est plus que calme, on a vu que l'armée le bloquait du côté du port.

- Il est aussi bouclé à hauteur de l'ancienne préfecture et il y a un char stationné près de l'hôpital militaire. De plus une auto mitrailleuse patrouille dans le quartier, écoutez : on l'entend descendre la rue d'Orléans.

En effet, le bruit de chenilles, que Guy et Jean Luc ont entendu tout à l'heure faiblement, emplit à présent la rue.

- Vous n'avez pas peur de vous faire coincer par une patrouille en venant vous retrouver ici ?

- Tant qu'on n'est pas plus de trois, ça ne pose pas de problème pour circuler. De temps en temps il y a un contrôle, on nous demande où on va, on répond un truc vraisemblable et c'est bon. Parfois, ils nous demandent d'ouvrir la veste pour contrôler que nous ne portons pas d'armes. Si on est plus de trois, ils nous demandent de nous séparer et de prendre des routes différentes.

- Même ça, s'insurge Baba Zébiri, c'est inadmissible ; nous sommes en démocratie, on n'a pas besoin des militaires. Ils veulent sauvegarder les acquis de la révolution, qu'ils disent. Mais la révolution n'est pas à eux, nous l'avons tous fait la révolution ; et si nous n'avions pas été là pour la faire, jamais nous n'aurions eu l'indépendance. Alors, quelle leçon veulent-ils nous donner ?

- Doucement, doucement, intervient Kouider en lui posant la main sur le bras, car le chibani s'est laissé emporter par la colère et le ton est monté brusquement.

- Tu as raison, je ne suis qu'un vieux sot.

- Mais non, tu parles seulement un peu trop fort. Nous sommes bien d'accord avec ce que tu dis, c'est d'ailleurs pour cela que nous sommes là.

255

- Mais qu'est-ce que vous pouvez faire devant une telle situation ?

- A vrai dire, Guy, pas grand-chose, répond Kouider. Prendre les armes ne servirait à rien, l'armée de Boumédienne est trop bien équipée et entraînée. La seule chose qui nous reste, c'est de continuer à manifester en ville aussi souvent que possible pour bien montrer qu'on n'est pas d'accord. Ainsi, on pourra peut-être se faire entendre de l'étranger. C'est peu, mais nous le ferons aussi souvent que nous pourrons.

- Il faut tout de même un minimum d'organisation pour manifester. Comment faites-vous ?

- Quand on est plusieurs à avoir le même idéal, il suffit vraiment d'un minimum pour se mobiliser. Par exemple, je sais qu'il va y avoir une manifestation sur le coup de midi, histoire de ne pas les laisser manger tranquille ; c'est pour ça que nous sommes réunis. Chacun de nous va en contacter deux ou trois, pas plus. Ceux-là en font autant et ainsi de suite. A midi, nous nous retrouverons tous au lieu prévu où nous nous serons rendus individuellement dès que nous aurons fait suivre l'information. Ainsi, il n'y a pas de départs groupés et on est moins repérables par les militaires.

- C'est vrai que vous allez manifester en ville, s'exclame Jean Luc. J'irai bien avec vous.

- Avec nous, il ne faut pas y compter, c'est trop risqué. Mais si vous avez envie de voir, le départ de la manif sera rue Larbi Ben M'hidi, près du cinéma Miramar. Ensuite on remonte vers le centre de la ville aussi longtemps qu'on peut.

- On y va, Guy ?

- L'autre jour tu ne voulais pas venir au match, et là tu me parles d'aller voir une manifestation ?

- Ce n'est pas pareil, moi je n'aime pas le foot.

- Il n'empêche, ce que tu proposes n'est guère raisonnable.

- Tout de même, en se tenant à distance on ne risque pas grand-chose ; on dira qu'on allait voir des amis en ville.

- Admettons, mais on prévient d'abord au patro.

- Je vous mets tout de même en garde, les prévient Kouider en se levant pour partir, ils ont une nouvelle arme pour coincer les gars : ils chargent avec des camions pompes dont ils teintent la flotte au bleu de méthylène. Si tu en reçois, il faut bien trois jours pour que ça parte. Tous ceux qui sont pris en ville teintés de bleu sont bons pour une nuit au gnouf minimum ; alors, faites gaffe !

Guy et Jean Luc sortent du patro, ils ont juste dit qu'ils allaient faire un tour en ville pour voir.

- Si on est contrôlé, on dit que je vais au consulat et que tu m'accompagnes.

- OK acquiesce Jean Luc.

- Si la manif ne commence qu'à midi, nous avons le temps, autant passer par le front de mer.

Ils descendent donc vers le port de commerce pour prendre la rampe Vallès. Une patrouille stationne à l'entrée du port, mais la rampe Vallès est libre et on les laisse passer sans rien leur demander. A mesure qu'ils montent, le port se dévoile, calme et sans vie ; rien à voir avec l'animation habituelle. Seul le cri sauvage des mouettes trouble le silence, et le grouillement des pigeons autour des silos à grains paraît absolument déplacé dans cette atmosphère lourde.

En haut de la rampe Vallès, ils passent devant l'ancien « foyer du soldat » que Guy a souvent fréquenté lorsqu'il était militaire. Là aussi il y a un poste de garde et un char, le canon pointé en direction de la place d'armes. Guy a ralenti inconsciemment pour jeter un coup d'œil ; Jean Luc aussi s'est presque arrêté. Aussitôt le chef de poste les interpelle :

- Circulez ! Circulez ! Et d'abord, où allez-vous ?

- Nous allons au consulat de France, répond Guy.

- C'est bon, mais ne traînez pas, les émeutes sont toujours possibles et nous ne pourrions pas nous porter garants de votre sécurité.

Les deux amis ne se le font pas dire deux fois et hâtent le pas vers le boulevard du Front de Mer. Guy s'apprête à s'y engager en laissant à droite le lycée de la « Mission Culturelle Française ». Mais Jean Luc s'arrête.

- Qu'est-ce qui t'arrive ? s'inquiète Guy.

- Plutôt que de prendre le Front de Mer, qui de toute manière doit être désert, je préférerais passer par la rue de la Bastille pour voir s'il y a plus de vie.

La rue de la Bastille, rebaptisée rue des Aurès depuis l'indépendance, est la rue commerçante du centre d'Oran où se tient un marché chaque matin.

- Pourquoi pas.

Ils piquent donc vers le centre-ville, remontent derrière la grande poste, coupent en travers la place de la Bastille, presque déserte elle aussi, et arrivent à la rue du même nom. Aucun étal au milieu de la chaussée contrairement à l'accoutumée. Mais les commerces riverains sont ouverts pour la plupart bien que la clientèle soit rare et furtive.

- Dire que d'habitude, on ne peut ni circuler ni s'entendre ici ! remarque Guy.

Le silence est juste troublé par les commerçants annonçant leurs prix aux clients qui ne songent même pas à les discuter selon la coutume du pays. Une patrouille militaire à pieds arrivant d'une rue transversale remonte dans leur direction. A mesure qu'elle avance, le silence se fait encore plus épais. Les soldats ne semblent pas s'en émouvoir et continuent leur progression d'un pas égal. Quand ils se sont éloignés, les lieux reprennent un semblant de vie.

Arrivés au bout de la rue, Guy et Jean Luc marquent un temps d'arrêt.

- Qu'est-ce qu'on fait, dit Guy. On descend vers le consulat ou on rejoint la rue Larbi Ben M'hidi ?

- Que veux-tu qu'on aille foutre au consulat ? réplique Jean Luc. Mieux vaut aller sur le parcours de la manif, nous trouverons peut-être un bistrot ouvert.

Guy se range à ce raisonnement. Effectivement, un bistrot est ouvert sous les arcades, place des Victoires, à l'angle de l'Avenue Loubet qui mène au Front de Mer et au monument aux morts. Près de celui-ci on voit des hommes de troupe stationnés avec une auto mitrailleuse. Jean Luc et Guy s'installent à la terrasse. Un serveur, visiblement apeuré, vient s'enquérir furtivement :

- Pour ces Messieurs qu'est-ce que ce sera ?

- Jean Luc regarde sa montre :

- Déjà onze heures trente ! Alors deux anisettes.

Le serveur s'éclipse vivement et revient aussitôt avec les consommations car les clients sont rares, Guy et Jean Luc sont mêmes les seuls en terrasse. L'atmosphère est tendue, peu de gens circulent. Quelques passants isolés, viennent s'accouder au bar et ne s'attardent que le temps de boire rapidement

- C'est à se demander s'il va vraiment se passer quelque chose, remarque Jean Luc.

- Pourtant Kouider n'avait pas l'air de vouloir blaguer.

- C'est qu'il est bientôt midi.

Comme pour dissiper ce doute, une clameur s'élève vers le fond de la rue Larbi Ben M'hidi : "Ya ! Ya ! Ben Bella ! Ya ! Ya! Djézaïr!". Aussitôt le serveur se précipite vers eux:

- Partez vite, on ferme ! Et il rentre précipitamment tables et chaises.

- Pour être aux premières loges, on y sera, constate Jean Luc en observant les soldats qui au bout de l'Avenue Loubet ont commencé à se mettre en formation.

- Bon, ne restons pas là, décide Guy ; regarde, il y a d'autres manifestants qui descendent du quartier Saint Pierre.

- Oui, partez vite, leur crie le serveur qui ferme hâtivement les portes, aidé du patron. Hier, il en est resté une dizaine sur le carreau.

La troupe se met lentement en route du côté du monument aux morts ; déjà la tête de la manifestation débouche sur la place, rejointe par des hordes de jeunes surgissant des ruelles adjacentes. Ils reprennent tous à pleine voix les slogans lancés par les meneurs.

Guy et Jean Luc se replient vers le centre-ville en remontant la rue Larbi Ben M'hidi.

- Pourquoi les militaires stationnés au monument aux morts ne sont-ils pas intervenus plus vite ? s'interroge Jean Luc.

- Pour ça : l'interrompt Guy en lui montrant un important détachement militaire qui arrive par le haut de la rue pour la boucler. La manifestation va être prise en tenaille entre ceux-là et ceux qui remontent l'avenue Loubet.

- Ah les vaches !

- Oui, d'accord, mais ce n'est tout de même pas nos oignons et on va dégager d'ici.

Ils courent jusqu'à une rue à hauteur d'un groupe scolaire. De là, ils observent les deux bouts de l'artère. Du bas monte la manifestation houleuse au-dessus de laquelle tanguent les banderoles ; en face, la troupe descend calmement, appuyée de deux chars AMX. Arrivés à une centaine de mètres des deux amis, la troupe s'arrête.

- Ils ne cherchent pas la bagarre, ils veulent simplement disloquer la manifestation.

Effectivement, les manifestants marquent le pas. Continuer serait risqué : il n'y aurait plus de rues latérales pour se dégager. Mais le mouvement d'hésitation ne dure pas car une clameur s'élève de l'arrière, suivie aussitôt d'un puissant mouvement de foule qui fait refluer les manifestants dans les ruelles latérales.

Guy et Jean Luc se sont serrés contre le mur pour ne pas être entraînés par le flot ; ils ne veulent rien perdre du déroulement des évènements.

- Qu'est-ce qui arrive ? essaye de demander Guy à ceux qui passent en trombe devant eux.

Mais personne ne prend le temps de leur répondre.

- J'ai compris, crie Jean Luc qui vient de jeter un coup d'œil à l'angle du mur. Un camion pompe crache son bleu de méthylène à l'arrière de la manifestation. Oh merde, je vois Kouider qui tourne dans une rue, je le rejoins.

- Fais pas le con ! lui crie Guy.

Mais c'est trop tard, déjà son ami est au milieu de la chaussée qu'il traverse en diagonale. Au moment de tourner dans la ruelle où s'est

263

engagé Kouider, un jet s'abat lui, faisant une large tache bleue dans le dos de sa chemise blanche. Estimant avoir déjà trop traîné et conscient qu'il ne peut plus rien pour son copain, Guy prend ses jambes à son cou, file vers le Front de Mer et se trouve tout à coup dans des rues désertes à nouveau… La foule de ceux qui fuyaient avec lui s'est évaporée…

Quand Guy arrive au patro, le repas tire à sa fin.

- Ah ! vous revoilà, s'exclame le père ; on se demandait si vous alliez revenir !

- En fait je suis seul, répond Guy, on a été pris entre une manif et les forces de l'ordre, et on a été séparés. Ce n'est pas tout à fait un hasard : on savait qu'il allait y avoir cette manif et on voulait voir ça. Pour ce qui est de voir, on a vu. Jean Luc surtout.

- Pourquoi "surtout Jean Luc" ?

- Parce qu'il a voulu en faire un peu trop. Il a cru reconnaître Kouider et a essayé de le rejoindre alors que la troupe arrivait déjà. Du coup, il a écopé d'une grande éclaboussure de bleu de méthylène dans le dos ; ça ne lui sera pas facile de rentrer incognito !

- Ah c'est malin, c'est bien le moment de faire des excentricités ; enfin il est Suisse, s'il avait ses papiers sur lui, il ne risque pas grand-chose.

- Il les avait, on avait tout de même pris cette précaution.

- Oh Jean Luc ! Elle est bientôt finie cette douche ? Voilà bientôt une heure que tu es dessous !

- J'en ai plein le cul ! Je vais finir par m'arracher la peau du dos sans pouvoir enlever ce foutu bleu de méthylène. Ah les vaches ! Tu parles d'un voyage de retour ; je suis allé tourner au-dessus de la cathédrale et de la grande synagogue pour redescendre à travers le vieux quartier juif derrière le théâtre. Je me collais dans une allée chaque fois que j'entendais un pas cadencé, frisant la jaunisse dès que je devais traverser une rue. J'ai même été pris de court par une patrouille qui débouchait d'un coin de rue à l'improviste, et pas une allée à proximité pour me planquer. Je n'ai eu que la ressource de m'appuyer dos au mur pour qu'ils ne voient pas la tache ; j'ai allumé une cigarette pour me donner une contenance. Ils n'ont pas fait attention à moi, mais avec tout ce que j'ai transpiré tant qu'ils étaient en vue, j'ai dû laisser une marque bleue sur le mur. Et rue de Gênes, toutes les putes sur le pas des portes se foutaient de ma gueule ; si une patrouille était survenue à ce moment-là, c'est sûr que j'étais cuit.
- Alors, on remet ça demain ?

265

- T'es pas fou non ! Je voulais un bol d'air, je l'ai pris, et même bien plein ; maintenant je ne bouge plus d'ici quinze jours s'il le faut. Je ne retournerais en ville que lorsque le calme sera complètement revenu.

JUILLET 1965

La 4L du père est garée devant la porte. Tous les amis sont là pour un dernier au revoir à Guy. Il y a d'abord Kouider et, à côté de lui, les trois inséparables : Kadda, Okba et Nacer ; derrière eux, tous les habitués du patro, même Chibani le visage illuminé de son éternel sourire.

Guy arrive enfin, lourdement chargé de son sac tyrolien, suivi de Jean Luc qui porte une valise.

- Eh bien ! tu as droit au comité au grand complet ! s'exclame ce dernier en découvrant le petit attroupement.

- Ya Sahbi ! s'écrie Guy en riant, c'est trop d'honneur.

Il serre les mains qui se tendent, tandis que le père ouvre le coffre de la voiture pour que Jean Luc charge les bagages avant de monter dans la voiture.

Si les étreintes sont chaleureuses, le ton n'est pas à l'exubérance car chacun sait bien que Guy quitte définitivement le patro. Il s'arrête un peu plus longuement près des trois inséparables :

- Ya khouia, je vous souhaite de la chance, beaucoup de chance… Et aussi beaucoup de courage pour chercher du travail, et pour en trouver inch Allah.

- On t'en souhaite autant, répond Okba ; et ne nous oublie pas.

- Ça mon vieux, jamais ! Je garderai toujours le souvenir de ces années passées avec vous.

Puis, s'adressant à Kouider :

- Si tu veux m'accompagner au port, il y a une place dans la voiture.

- Rien ne me fera plus plaisir si c'est possible.

- Bien sûr intervient le père qui regarde sa montre. Mais je ne pourrai pas te ramener, je file directement en ville après avoir déposé Guy au port.

- C'est bon, je rentrerai à pied.

- Alors, on y va.

Guy s'installe dans la voiture ; avant de fermer il serre une dernière fois la main de Pascal et Joël qui sont aussi descendus. Le père démarre doucement, des mains par dizaines tambourinent de bon cœur sur la carrosserie. Il accélère et la petite troupe des accompagnateurs lâche prise. Mais un peu plus loin, après avoir fait le tour par les petites rues du quartier, quand la voiture passe rue d'Orléans, juste au-dessous de la place, tous sont là, descendus par les escaliers, pour lui faire un dernier adieu.

- Ben dis donc, c'est un triomphe, blague Jean Luc.

- Je ne crois pas que ce soit le mot qui convienne, mais ça fait chaud au cœur.

Bientôt la place disparaît et la voiture file vers le port. De loin, on voit déjà une foule impressionnante qui se presse autour du bâtiment d'embarquement. Le père s'arrête et tire les bagages du coffre.

- Dommage que je ne puisse pas te tenir compagnie plus longtemps, mais je dois absolument monter en ville.

- Ne vous excusez pas Père, merci de m'avoir amené jusqu'ici ; et merci pour l'expérience que j'ai vécue pendant ces deux années ; je n'oublierai jamais que c'est à vous que je la dois.

- Non, c'est à moi de te remercier pour tout le travail que tu as fait ici… Et toi Jean Luc, Que décides-tu ?

- J'avais projeté de rester avec Guy, mais comme il y a Kouider pour lui tenir compagnie, je vais repartir en ville avec vous. La perspective de remonter à pied par cette chaleur me coupe déjà les jambes. Tu ne m'en voudras pas Guy ?

- Mais non voyons ! Nous n'avons jamais fait de manières entre nous, on ne va pas commencer aujourd'hui. Allez salut ! Et bon retour en Suisse.

Le père et Jean Luc sont repartis. Guy prend son sac à dos, Kouider la valise et tous deux entreprennent de se faufiler jusqu'au poste de douane, au premier étage du bâtiment. L'accès au grand escalier extérieur représente à lui seul une véritable expédition. Devant eux, une grappe de marmots s'agrippe aux jupes d'une mama algérienne qui essaye de faire avancer tout son petit monde à grand renfort de cris, de taloches ou de bonbons. Elle s'applique à ne pas perdre le sillage du chef de famille qui, chargé comme un mulet et aidé par les plus grands, s'efforce de s'enfoncer comme une étrave dans la houle mouvante des voyageurs.

- Ceux-là ne sont pas près d'arriver au guichet, fait remarquer Guy ; avec un seul bagage chacun, on a déjà du mal à avancer.

- Ya khouia ! Ils ont encore le temps, le bateau ne part que dans deux heures, s'il respecte son horaire. Poussons-nous un peu vers le mur, j'ai l'impression que ça circule mieux.

Effectivement ils arrivent assez facilement au pied de l'escalier.

- Le plus dur est fait, estime Kouider, à présent, il n'y a plus qu'à se laisser pousser en essayant de gagner quelques places.

- Mais le plus long sera encore de passer les contrôles de la douane.

- Ça pourra peut-être s'arranger, je connais un douanier qui doit être de service.

Tout en devisant, ils ont réussi à se faufiler jusqu'à l'entrée du hall de contrôle des bagages.

- Nahdin a mouk ! jure Kouider entre ses dents. Avec tout ce monde, je n'arrive pas à voir où est mon copain. Reculons jusqu'à la balustrade, en montant dessus je verrai mieux.

- T'es pas fou ? Tu vas te casser la figure, monte plutôt sur la valise.

Ainsi perché, Kouider, imperturbable et sourd aux injures de ceux qui viennent buter sur lui, commence un tour d'horizon méthodique du haut de son promontoire improvisé.

- Merde ! ce con est au comptoir de l'autre côté. Il va falloir contourner la banque.

En effet la banque de contrôle forme un U au milieu du hall. Aussitôt, ils ramassent leurs bagages et reprennent leur progression.

- Smaali ! Smaali ! ne cesse de répéter Kouider en jouant des coudes pour se frayer un chemin. On doit être à la bonne hauteur, finit-il par lancer à Guy, essayons à présent de rejoindre le comptoir.

Ayant viré à angle droit, ils entreprennent de s'approcher et, à force d'opiniâtreté, se font une petite place pour déposer les bagages de Guy, non sans provoquer un mouvement de grogne de la part de ceux qu'ils bousculent un peu. Kouider cherche son copain du regard :

- Et merde ! Il est reparti de l'autre côté. C'est bien notre veine, tout ce tour pour rien.

- Appelle-le suggère Guy.

- Ya Ahmed ! s'égosille Kouider.

271

Puis, devant l'inanité de ses efforts :

- Tu parles avec tout ce bruit, on n'a pas plus de chance de se faire entendre qu'un muet qui appellerait un sourd.

Alors, avisant un autre douanier à quelques valises de là, il lui lance :

- Ya cousin, tu peux aller demander à ton collègue, là-bas au fond, de venir par ici, c'est un copain.

L'autre hausse les épaules :

- S'il fallait se déranger chaque fois qu'un soi-disant copain nous fait signe, on ne pourrait plus faire notre boulot.

- Oh dis ! Tu pourrais être aimable, s'énerve Kouider ; je te demande simplement un service, tu n'es pas obligé de m'envoyer promener non ?

La remarque de Kouider semble avoir piqué au vif l'amour propre du douanier qui abandonne un moment le colis qu'il contrôle et s'approche des deux amis :

- Dis donc, je suis là pour faire mon travail, et pas pour me faire marcher sur les pieds par un zigoto de ton espèce ; si tu veux parler à ton soi-disant copain, tu n'as qu'à aller le voir et fous-moi la paix !

- C'est ça ! explose Kouider, la moutarde lui montant au nez ; je vais y aller tout de suite.

Et déjà il met un pied sur la banque.

- Et puis quoi encore ! Si tu passes par-dessus le comptoir, j'appelle la police !

- Fais pas le con, laisse tomber ! essaye de le raisonner Guy en tentant de le retenir.

L'algarade n'est pas passée inaperçue ; peu à peu un semblant de silence s'est fait, chacun étant friand de ce genre de spectacle gratuit. Du coup, voyant que tous les regards se tournent dans la même direction, le copain de Kouider se retourne aussi et le reconnaît aussitôt :

- Ya Kouider, kerrak[54] ? lance-t-il, profitant de l'accalmie. C'est toi qui fais le spectacle ! Asténa chouia[55]... J'en termine avec mon client et je viens te voir.

Fermant les valises qu'il vient juste d'ouvrir, il les marque de la croix à la craie blanche, signe que l'inspection est faite.

- Ton cinéma aura fait au moins un heureux, remarque Guy.

- Smaali, s'excuse le douanier près d'eux, si j'avais su que c'était vraiment ton copain, j'y serais allé ; mais il y en a tellement qui disent connaître et qui ne connaissent rien.

- Maalich ya khouia ! Excuse-moi aussi, avec une ambiance pareille on s'énerve vite. Ce doit être dur de travailler ici toute la journée dans un tel souk.

---

[54] Comment vas-tu ?
[55] Attends un peu

273

- Heureusement, ce n'est pas toute la journée, et il n'y a que deux départs par semaine…

- Ça y est, l'incident est clos ? interroge le copain de Kouider qui arrive.

- Oui oui, ce n'est rien répond son collègue qui plonge déjà le nez dans une nouvelle valise.

- Alors quel bon vent t'amène Kouider ; je ne m'attendais pas à te trouver ici ; partirais-tu ?

- Non, j'accompagne simplement un ami qui rentre en France. Alors j'en profite pour te dire bonjour. J'ai vu ton frère ce matin, il m'a dit que tu devais être de service.

- Qu'avez-vous comme bagages ?

- Juste ce sac et cette valise.

- Pas d'objet de valeur à déclarer ? demande le douanier tout en regardant distraitement sous les piles de linge.

- Non, les seules richesses que j'emmène ce sont mes souvenirs.

- Vous avez raison, au moins ça ne fait pas de problème à la douane et ça dure longtemps.

- Dis donc, demande Kouider, ne serait-il pas possible d'accompagner mon ami au-delà des services de police ? Ça nous permettrait de rester ensemble un moment de plus et ce serait plus calme qu'ici.

- Ça, je ne le crois pas, et de toute façon, ce n'est pas de mon ressort ; mais si ça peut vous

274

arranger, je vous propose de garder vos bagages au poste et vous pourrez redescendre sur les quais par la porte de service. J'irai vous chercher à la buvette juste avant la fermeture des guichets.

- Ok, mais ne nous oublie pas.

- Non, ne vous inquiétez pas, vous avez plus d'une heure devant vous.

Kouider et Guy s'approchent de la buvette, très fréquentée en cette matinée : des dockers passent boire un coup entre deux postes, quelques voyageurs attardés viennent rapidement se rafraîchir avant d'aller s'agglutiner à la foule qui fait toujours le siège du bâtiment d'embarquement. Un petit groupe de douaniers arrivé en même temps qu'eux s'est installé à un angle du bar.

- Et alors, on laisse tomber les copains, leur lance le barman d'un air rigolard. L'embarquement n'est pourtant pas terminé.

- Mais nous ne sommes pas à l'embarquement des passagers. Nous venons de finir le contrôle du fret d'un cargo en partance dans la darse, de l'autre côté du môle.

- Oh vous savez, ce que j'en disais… Du moment que vous prenez une consommation et que vous la payez, le reste ne me regarde pas.

Guy et Kouider ont trouvé à s'accouder à l'autre angle du bar.

- Là on sera bien, apprécie Guy. Je pourrai à mon aise regarder une dernière fois le quartier de la Marine et admirer Santa Cruz… Ça va me manquer à présent.

- Mais dis donc, tu aurais le blues, on dirait que c'est un départ définitif.

- Tu sais bien que non ; mais quand je reviendrai, ce sera autre chose. J'ai conscience que c'est une page de ma vie que je tourne. Comment retrouverai-je l'Algérie à mon retour dans un an ?

- Ne sois pas si inquiet pour l'Algérie, elle surmontera ses difficultés.

- N'empêche que ce n'est pas ce que vous disiez il y a trois semaines.

- C'est vrai, on craignait vraiment une dictature… Peut-être que Boumediene nous a simplement remis les pieds sur terre. Vois-tu, pour nous ce qui compte, c'est que chacun puisse avoir sa place au soleil. Je pense que c'est toujours possible.

- Et Baba Zébiri, Qu'en dit-il, lui ? Je ne l'ai pas revu depuis qu'avec Jean Luc on est passé à son échoppe au troisième jour du soulèvement.

- Lui aussi admet que tout n'est pas mauvais dans ce bouleversement politique. L'autre jour il me disait : « Un Algérien succède à un autre Algérien, c'est toujours l'indépendance. »

- C'est une façon de voir les choses, je n'en discuterai pas ; j'ai bien trop de mal à saisir toutes les finesses de la vie politique.

Le serveur vient s'enquérir :

- Pour vous qu'est-ce que ce sera ?

- Je ne pensais même plus qu'on était là pour boire, s'étonne Guy ; une bière pour moi, et toi Kouider ?

- Un coca

Le temps passe. Guy regarde sa montre ; une sirène rauque retentit au fond du port annonçant qu'un remorqueur quitte son mouillage près de la capitainerie.

- Tu ne crois pas que ton copain nous aurait oubliés, s'inquiète-t-il.

- Non, le voilà justement.

- Je m'excuse de vous précipiter un peu, mais à présent il faut vite y aller.

- Tu ne prends même pas un verre ? lui demande Kouider.

- Non, on viendra boire tranquillement quand l'embarquement sera terminé. Je monte avec vous sinon vous pourriez avoir des problèmes.

Tous trois se retrouvent au poste de douane. Guy se saisit de ses bagages et file vers le dernier contrôle de police resté ouvert et où on n'attend plus personne. Le douanier est sur ses talons :

277

- C'est le dernier passager, dit-il au policier ; merci d'avoir attendu. Après lui tu peux fermer.

Le policier prend les papiers que Guy lui tend, parcourt rapidement les documents et appose son tampon.

- Faites vite à présent, on va enlever la passerelle.

Guy se tourne vers Kouider et tous deux se donnent une accolade fraternelle. Puis il serre la main du douanier :

- Merci pour ce dernier moment que vous nous avez permis de partager.

Avant de franchir le poste de police, il se retourne une dernière fois ; Kouider lui lance :

- Allez, adieu.

- Pourquoi adieu ? Au revoir seulement, je reviendrai Kouider.

Ayant franchi le poste de police, Guy s'engage sur la passerelle. Droit devant lui, surplombant le bateau, le sanctuaire de Santa Cruz s'incruste dans son écrin d'ocre et de verdure, au pied du vieux fort espagnol.

Fort et sanctuaire de Santa Cruz vus du port

Le quartier de la Marine à Oran
(au moment de l'indépendance)

Dans cadre blanc, on reconnaît, en haut à droite, le « patro » de la « JU » à la façade triangulaire de la chapelle. Juste en dessous, à gauche, la façade carrée du groupe scolaire bordé par la place Emerat dont les arbres font une tache sombre.

A l'arrière, le grand bâtiment blanc est l'hôpital militaire ; juste devant sur la droite, la cathédrale Saint Louis, plus ocre.

Le « patro » de la « JU ».

Au premier plan, en bas, le mur qui ferme la cour et le haut du portail sur lequel tous les gamins aiment tellement tambouriner. En face, au premier étage, la galerie qui donne accès à la salle de projection et aux  balcons de la salle de cinéma, à gauche, dont l'accès principal est dans la cour au rez-de-chaussée. Au-dessus de la salle de cinéma, la chapelle, dont je ne parle pas dans le récit car son accès est neutralisé quand le « patro » est ouvert.

Au-dessus de la galerie, la salle à manger et la cuisine. Au-dessus encore des chambres désaffectées dans lesquelles seront organisés les premiers cours.

Au dernier niveau, donnant sur une petite terrasse, les chambres de Guy et Jean Luc.

La cathédrale Saint Louis

Parvis de la cathédrale avec ses deux grandes montées d'escalier latérales donnant accès au porche de l'entrée principale. Au bas des escaliers, le portail de la crypte où seront ouverts des cours du soir pour adultes.

A gauche, de l'autre côté de la rue, en retrait de quelques mètres par rapport à celle-ci, la cure où sera installée l'école officielle de rattrapage.

Quelques expressions d'arabe dialectal
Et traduction en français

Aïd	Fête
Aïwa	Oh la la
Akarbi	Je le jure
Allech	Pourquoi
Ascot	Ecoutes
Asténa chouia	Attends un peu
Atini Garo	Donne-moi une cigarette
Attini	Donne
Bab (hel albab)	Porte (ouvre la porte)
Bella foumouk	Tais-toi
Bessif	Obligatoire (par le fer)
Chibani	Viaux, ancien
Chkoun ada	Qui c'est celui-là
Chouf	Voit, regarde
Choukran	Merci
Djézaïr	Algérie
Douro	Cinq centimes de dinar
Fou na l'b'ou	Honte à ton père
Gudam	Avancez
Hada	Celui-ci
Hallouf	Cochon (sanglier)
Hamdoullah	Grâce à Dieu
Hella	Ouvres
Irham waldik	S'il vous plaît
Jib (Allah ijib)	Donnes (Dieu y pourvoira)
Kébir	Grand
Kémia	Amuse-gueule apéritif
Kerrak	Comment vas-tu
Khaïma	Grande tente bédouine
Khouria (ya khrouia)	Frère (mon frère)

Labès	Ça va
Maalich	Ce n'est pas grave
Mabrouk	Béni de Dieu, prospère
Mektoub	C'était écrit
Nadin babek	Maudit soit ton père
Nahdin a mouk	Par la religion de ta mère
Okhti	Ma sœur
Ouled (weldi)	Enfant (mon enfant)
Pra l'kheir	Au revoir (ou bonsoir)
Roumi	Chrétien, européen
Saa	L'heure
Saha	D'accord
Sahbi	Mon ami
Salam alaykoum	La paix soit avec vous
Sba l'kheir	bonjour
Sghir	Petit
Shal	Combien
Shal Saa ?	Quelle heure est-il ?
Shkoun	Qui est-ce ?
Smaali	Excuse-moi
Wallou	Rien

Les chiffres :

Wahed	un
Zouj	deux
Tlata	trois
Arba	Quatre
Khemsa	Cinq
Seb'a	Six
Setta	Sept
Tmenya	Huit
Tes'a	Neuf
Ashra	Dix
Ashrin	Vingt

Table des matières

© 2019 – Guy PIEGAY
Edition BoD – Books on Demand
12-14 rond-point des Champs Elysées, 75008 Paris
Imprimé par Books on Demand GmbH,, Norderstedt, Allemagne
ISBN : 9782322209781
Dépôt légal : Avril 2020